U0058803

數字遊戲

富商之死
　撒旦的承諾？
黑吃黑？
　金蟬脫殼？

藍色水銀　著

天空數位圖書出版

序

　　這本小說，是從 2009 年開始寫的，當初是用稿紙，以鉛筆寫下約 8,000 字的草稿，如果你問我為什麼要用手寫？而不是電腦打字，我的答案也許有點特別，當時的想法就是想把字練的漂亮一些，因為太久沒寫字了，很多字都忘了怎麼寫，所以一整個系列的草稿都是手寫，那些原稿我還保留著，用一個餅乾盒子收藏。

　　至於動機，其實蠻單純的，我只是想把有關犯罪可能的下場寫得清楚一點，不是輕描淡寫，因為牽扯到龐大利益的時候，人命永遠都不值錢，爭奪這些利益的人不擇手段，他們兇殘的樣子很難用文字形容，也難以想像。

　　2011 年的時候我開始把內容變成電子檔，過程並不算順利，前前後後改了三遍，後來又加了一些內容，總共花了將近八個月才成為現在版本的原型，並且又花了四十天左右修改一些小細節，雖稱不上是嘔心瀝血，但算是非常坎坷。2018 年的某一天，我現在的老闆看了一整個系列的大綱和部份內容，2019 年決定讓數字遊戲變成真正的一本書，所以我開始寫這段

序，幾天之後我決定用原本的架構，但全部重新寫過，以符合我想要表達的所有事項。

　　故事的內容有真有假，來源請不要問我，我是絕不可能透露的，況且這些事情都只是聽人家說而已，並未求證，我只是運用自己的想像力讓內容更豐富罷了！因為有後記，所以序就寫到這裡。

藍色水銀

目次

一：絕處逢生

阿吉是個鬼見愁，失戀、失業、失去所有朋友、失去父母的關心、失去了三百萬存款還負債四百萬，暫時住在禮儀社的樓上，每天都要經過放置棺材的倉庫，那裡的燈偶爾會閃一下，不論老闆換了幾次新燈泡，今天也不例外，不過今天是閃了之後變亮了，習以為常的阿吉根本不在乎，走到樓下後拿出鑰匙，轉開機車龍頭，椅墊破了，他用黑色的膠帶貼著那一道長二十五公分的裂痕，前擋泥板破了、大燈破了、方向燈也破了一邊，所以他只能在白天開機車出門。

　　阿吉將機車停放在人行道上，拿出黑色的錢包，裡面只剩下一張百元鈔票，他走到附近的紅茶攤，買了一張萬代福戲院優待票，將剩下的二十元放進口袋，走到戲院劃好座位之後買了一包統一脆麵，全身上下只剩十元的他兩眼呆滯，心裡正盤算著，看完電影後要去哪裡自殺，忽然間電梯的開門聲響起，於是搭電梯上三樓，他看的電影是芮絲薇絲朋演的金髮尤物，電影激勵了他，打消了先前的自殺念頭，而在散場之後不到五分鐘，阿吉的電話響了。

　　「陳順吉先生嗎？」

　　「是的。」

「你好，我是凱博資訊的總經理，你上個星期四來應徵，還記得嗎？」

「記得。」

「你方便明天來上班嗎？」

「好啊。」

「那就明天早上九點見。」

凱博資訊的總經理方大山，身高一百八十，體重一百一十五公斤，身穿黑色西裝，一臉肥肉，他的眼睛很大，眉毛很粗，看起來就像是老闆的樣子。

「進來吧！還在裝潢，會有點亂。」地上散落著裝潢的材料還帶有木屑。

「順吉，你先跟我聊聊。」會議室裡。

「你想知道些什麼？」

「你知道足球嗎？」

「不熟。」

「那你的英文程度如何？」

「五千個單字。」

「你懂賭博嗎？」

「那一方面？」

「賭球。」

「簡單。」

「如果要你幫我做一個中文足球資訊網站，你行嗎？」

「盡力而為。」

「我希望你積極一點。」

「怎麼說？」

「我希望你的回答是肯定句：我一定辦得到。」

「那要看你給我多少的權限。」

「我不知道，你必須給我答案。」

「我不懂。」

「你必須提出你所需要的東西，不是由我提供給你。」

「你是說不管我提出什麼要求？公司都會買？」

「理論上是這樣沒錯。」

「所以不會有人教我嘍！」

「沒錯，你必須獨力完成。」

「你有進度的壓力嗎？」

「有。」

「那我建議你多找幾個人，我一個人沒那麼多時間。」

「好，要找幾個人？」

「一個外文系的畢業生，最好會歐洲語系的，另外兩個英文程度跟我一樣就行了，對了，每個人都要一台等級高一點的電腦，還有網路。」

「好，這些都沒問題。」

二：線上投注

凱博資訊終於開始營業了，六個座位，一個二十人座的會議室，程式部門有三個人，長髮過肩的麥可、光頭的小李和美工小芬，方大山說：

　　「這是副總經理公孫特。」

　　「你好！叫我阿特就行了。」

　　「阿特會告訴你一些基本的事，其他的你必須自己摸索。」

　　「我知道了。」阿吉說。

　　「知道澳門彩票嗎？。」阿特說。

　　「不知道！」阿吉說。

　　「DONBEST？」

　　「不知道！」

　　「足球懂嗎？」

　　「不熟。」

　　「那你來做什麼？」

　　「是總經理要我來的。」

　　「好，你先去這兩個網站看看，然後告訴我心得。」

不到四十分鐘，阿特阿吉兩人再度對話。

「怎麼樣？看出什麼沒有？」

「什麼意思？」

「你看出這兩個網站的不同了嗎？」

「澳門彩票是賭足球跟籃球，幾乎各種玩法的賠率都有，還提供賽程跟戰績表，相當專業。」

「那 DONBEST 呢？」

「主要是提供美國五大職業運動的即時賠率。」

「你看得懂嗎？」

「簡單，-10.5 就是讓十點五分，也就是說贏十一分才能贏錢。」

「那-110 呢？」

「押一百一十元可以贏一百元。」

「不錯，有概念。」

「那這個-4.5 跟+70 呢？」

「當贏五分的時候只能贏百分之七十。」

「-80？」

「贏二分時要輸投注額的百分之八十。」

「你真的沒賭過球？」

「沒有。」

「好，沒事了。」

「怎麼樣？行不行？」方大山問阿特。

「我們找對人了。」阿特說。

「怎麼說？」

「他第一次操作那兩個網站，只花了三十七分鐘就看完了，而且完全看懂內容。」

「那不代表什麼？」

「不，他有天分，又或者他是個賭徒。」

「所以你要用他嘍？」

「當然。」

「阿吉，你來一下。」方大山說。

「你今天的工作是找出所有歐洲的合法賭場，要有足球的。」

「還有呢？」

「把他們寫成一本中英文對照的操作手冊。」

「每一個站嗎？」

「對。」

「提供即時資訊跟戰績的網站要嗎？」

「好。」

阿吉很快就搞定了老闆的要求。

「做好了，你看一下。」

「1X2 是什麼？」方大山問。

「1 是押主場贏，X 是押和贏，2 是押客場贏。」

「你確定？」

「肯定。」

「波膽是什麼？」

「正確比數，所以賠率很高。」

「這些是什麼？」

「猜第一個進球的球員，通常球隊的主力前鋒賠率較低。」

「你真的沒賭過球？」方大山跟阿特有著同樣的疑問。

「沒有。」

「那你為什麼懂？」

「我也不知道。」阿吉聳肩並雙手一攤回答。

「好，明天把相關產業的網站找出來。」

「提供即時資訊跟戰績的網站是嗎？」

「沒錯。」

三：數據分析

幾個月過去了，阿吉已經將歐洲所有足球的結構摸索清楚，連南美洲跟日本、韓國的比賽都弄得一清二處，方大山終於說出他的真正目的。

　　「我們的老闆打算弄一個線上投注網站。」

　　「像澳門彩票那樣？」

　　「沒錯。」

　　「然後呢？」

　　「我們需要專業的開盤人員。」

　　「你是說決定開盤賠率與控制賠率的人？」

　　「沒錯，你行嗎？」

　　「我沒問題！問題在於我只有一個人，分析這些比賽，至少要有四個人幫我。」

　　「好！我會找到人的。」

　　阿吉就在此時設計了他的數據分析模式，並且逐漸修正，這個模式很快地被他真正使用。

　　「阿吉，一場球輸贏幾千萬，你這麼做風險很大。」老闆之一的楊董抓抓頭問。

「楊董，我算出來要讓三點二五分，也就是說讓三分賠率零點七。」

「大家都只開讓一分半而已。」楊董說。

「我不知道，我只是依照我的公式算出來，至於怎麼做，那是你們的問題。」

「臭小子，真被你說中了，四比零。」比賽結束後楊董對阿吉說。

「運氣好而已。」

「從今天起，我要你分析所有比賽並做成報表列印出來。」另一個老闆說。

「是，文哥。」

凱博資訊裡連續應徵了三十多人，方大山問。

「阿吉，你覺得要用誰？」

「吳憶喬，我覺得她會賭博又是學會計統計的，她最適合。」

「還有誰？」

「李靜雯，興大外文系畢業。」

「最後一個。」

「郭秉勳，他很聰明，又懂籃球。」

「好，就他們三個。」

星期六的晚上十一點多，操盤室的氣氛很緊繃。

「幹！阿吉，你叫我開讓兩分，現在已經踢了六十八分鐘，還是零比零，你會害我輸死。」文哥說。

「別急，文哥，曼聯的體力比較好，我估計桑德蘭的後衛五分鐘內會開始跑不快，應該還是會進兩球到三球。」

「沒贏我就剝你的皮。」

阿吉聳聳肩沒說話，然後又過了十二分鐘。

「阿吉！你等一下會被我剝皮。」阿吉又聳聳肩。

就像阿吉說的，桑德蘭的後衛開始跑不動了，曼聯的替補前鋒保羅斯克爾斯逮住機會，將球輕鬆踢進網。

「幹，剩七分鐘，要進兩球，那有可能。」文哥看著阿吉說。

16

不過，阿吉是對的，比賽來到第九十分鐘，保羅斯克爾斯再度擺脫桑德蘭的後衛，從守門員的前方五尺處用腳輕輕一送，曼聯取得二比零的領先，桑德蘭的守門員將球用大腳踢過中場，不過他們的球員都累壞了，貝克漢接到球後將球長傳給保羅斯克爾斯，沒人防守的情形下他帶著球跑了二十碼，比賽最後一刻，保羅斯克爾斯再度把球送進球網，演出帽子戲法，曼聯贏了三分。

雖然這一場球贏了四千多萬，不過其他場次輸了快三千萬，所以文哥跟楊董的臉色並不好看。

四：過河拆橋

方大山好不容易把網站所需的人才跟資訊備齊，也順利讓投注網站營運，不過文哥信不過他，先資遣了阿吉等人，並且換了一批小弟操盤。

　　再度失業的阿吉這次不算空手而歸，吳憶喬喜歡上他，沒多久兩人便租了一間公寓同居了。

　　「你打算怎麼辦？」吳憶喬問。

　　「從他們身上賺錢。」

　　「要怎麼做？」

　　「投注啊！」

　　阿吉的家裡，八個電腦螢幕，六家地下賭盤的畫面，一個分析程式，還有一個螢幕正播著美國 A 片女星 Carmella Bing 的片子，吳憶喬走過來說：「你確定你一定會贏？」

　　「當然！」

　　「怎麼贏？」

　　「賠率跳動跟我的分析模式。」

　　「我不懂。」

「現在的地下賭盤都是一九二的盤，也就是說如果雙方的機率均等時，賠率皆為零點九六，就是投注一百贏九十六，在這樣的狀況下我當然沒辦法贏錢，可是賠率是會跳動的，妳看，這場球我的分析程式雙方機會均等，可是客場的賠率竟然高達一點一五，只要挑出這種比賽下注，我一定可以贏錢的。」

「可以贏多少？」

「投注金額的百分之八到十。」

「那麼少！」

「不少了！我今晚下注了四十八場，每場平均三萬多，一百六十萬的百分之八也有將近十三萬了，我估計這個月可以贏到一百四十萬。」

「你好棒喔！」

「那妳還會怕我輸錢嗎？」阿吉笑逐顏開地說。

「當然不會。」

雖然阿吉一直贏錢，不過很快就沒有人要接他的單了，因為阿吉太會賭了，風聲很快傳遍業界，所以才兩個多月，他又必須找工作了，不過至少已經存了將近兩百萬，那種有一餐沒一餐的日子總算不會再發生了。

方大山跟阿特跟文哥正在開會。

「這段時間謝謝兩位的幫忙。」文哥說。

「應該的。」方大山說。

「是這樣的，你們的階段性任務已經完成，股東們決定請你們離開，這裡是兩百萬，你們一人一百萬。」

「我懂了。」方大山說。

「謝謝文哥。」阿特拿起了錢，拉著方大山離開。

文哥沒有一句挽留，也沒有說再見。

「你就這樣讓他把你趕走？」阿特說。

「我們訓練的人都被資遣了，你還看不出來嗎？」

「那現在怎麼辦？」

「你想辦法找到香港的那個大股東，只要他願意見你，我們就還有機會。」

「這麼有把握？」

「我們還有阿吉跟吳憶喬兩張王牌。」

「他們兩個行嗎？」

「你別聽楊董胡說，阿吉其實有做統計，雖然只有幾個月，不過我們的網站是業界獲利最好的，別人都是營業額的百分之一上下，我們這幾個月的獲利都接近百分之三。」

「這麼強？」阿特有些意外的看著方大山。

「沒錯。」

五：富商之死

台中市的某處停車場裡，人來人往，車子進進出出，一個五歲大的男孩，穿著黃色短袖上衣，上面印著三隻穿衣服的企鵝，下身是藍色褲子，腳上也是藍色的涼鞋，他調皮地跟媽媽玩起捉迷藏，躲在一部黑色 BMW520 旁邊。

　　「小明，上車了，別再玩了。」媽媽大聲叫他卻沒回應。

　　「小明？」媽媽四處張望著，小明探頭想要看媽媽在那裡，卻驚見車上一具乾掉的屍體，他大聲尖叫：「啊！」並急忙跑向媽媽用力抱著她，他驚恐地顫抖著。

　　「小明，怎麼了？」他的母親非常著急地問。

　　「死人！」他手指著那部車的方向，媽媽拉著他走向車子，小明害怕的地躲在後面，鎮定的媽媽從皮包內拿出手機撥了一組號碼出去：「喂！賴隊長嗎？」

　　「我是！」

　　「你好！我是交通隊的林雅婷，向上路惠來路口的停車場裡，有一具屍體在黑色 BMW-520 車上，車號是 7382 - LPG。」

　　「我知道了，謝謝妳！」

　　「走吧！小明，媽媽帶你去廟裡收驚。」

「什麼是廟啊？媽媽。」小明的驚恐已經消失了，他好奇地問。

一個小時後，停車場的一部份被黃色的封鎖線圍起來，邢警隊長賴良忠說：「鎖匠師父，麻煩你了！」不到三十秒，鎖匠打開了門，他旋即回頭吐了一地。

「辛苦你了！」七個年輕刑警站在一旁，賴良忠繞了車子一圈，確定不是引廢氣自殺後，戴上手套、口罩，打開車門從屍體旁的座位上找到二包裝藥的塑膠袋，裡面的藥吃了一些，還有三份。

「小白，拿去化驗，找出賣藥的藥局或醫院。」

「小蔡，找出車主並請家屬來認屍。」賴良忠立即做了工作上的分配。

車內的腳踏板上，一個白色信封上寫著遺書兩個字，賴良忠拿起它並將裡面的紙抽出來，只有三個網址，四個市內電話號碼，兩個行動電話號碼，兩個銀行帳號，沒有遺言，賴良忠納悶地看著。

「小蔡，把這幾隻電話查清楚，還有銀行往來記錄。」

「是！隊長。」

刑警隊裡，小白：「隊長，是 FM2，應該是在全安藥局買的，我查了監視記錄，七天前死者曾去過。」

　　「很好，小蔡，你這邊呢？」

　　「死者是知名水晶貿易商陳明富，家屬曾經報案說失蹤了，他的哥哥陳明財目前仍然下落不明。」

　　「嗯！所以這個案子可能很複雜嘍！」

六：撒旦的承諾

警察局的偵訊室裡，證人陳怡真開始告訴賴良忠整件事情的來龍去脈。

　　一年前，在某辦公大樓十四樓裡，陳怡真走到極品水晶外，推開玻璃門，地上放了幾十個紫色的水晶洞，櫥窗裡一尊高約六十公分的觀世音菩薩白水晶雕刻，雕工精細，連手指甲都刻的很漂亮，手上還拿了一條鐵鍊，那鍊子居然是活動的，換句話說那是最困難的雕法，另有上百件各式各樣的水晶雕刻，大小不一，陳明富從辦公室的座位上站起來。

　　「怡真，妳來啦！這裡就是我們的辦公室，以後這裡的帳全交給妳管了。」

　　「東西不多嘛！幹嘛要浪費錢請我作帳？」陳怡真不以為然的回答。

　　「別小看這些東西，光是這尊觀世音菩薩就價值三百萬，這裡的貨批發價總值約五千萬，以後妳就會知道那些東西值錢了！」他的手指著那尊高約六十公分的觀世音菩薩白水晶雕刻說著。

　　辦公室的最後一間房間，陳明財正盯著上下各二個並排的四個電腦螢幕，三個不同的棒簽賭站，都只有兩場球賽，他開

30

始下注，每場都下注二十萬，總共下注了一百二十萬，他沒注意到陳怡真，以為她是陳明富。

「明富啊！麻煩你幫我倒杯水。」

「堂哥，你賭這麼大喔！」陳明財有些意外地看著她。

「是啊！消息牌嘛，坐啊。」他搔搔後腦袋，一臉尷尬。

「怡真，有沒有空？我們去唱歌。」當天晚上十點，陳明財撥電話問道。

「好啊！」陳怡真高興地回答他。

「是不是贏錢了？」包廂裡陳怡真問。

「對啊！一百多萬耶，算一算，這個月已經贏了快五百萬了。」

「既然他贏錢，又怎麼會扯上錢莊？」時間回到警察局的偵訊室裡，賴良忠問。

「那是半年前的事了，有一天我加班到晚上十一點。」

31

辦公室的最後一間房間，陳明財站著看電視，兩台電視分別轉播不同的兩場職棒比賽，他對著電視又叫又罵，陳怡真走向他：「怎麼了？堂哥！」陳怡真露出擔心的表情問著。

「怡真，明天領五百萬現金出來，我會讓明富跟妳去銀行。」

「這麼多錢，要給誰啊？」她張口結舌地看著陳明財。

「這兩天輸的啦！幹！有夠倒楣的，四場都差一分。」陳明財有些不甘心，憤憤不平地報怨！

時間回到警察局裡，賴良忠問。

「他是什麼時候開始跟錢莊借錢的？」

「應該是五個月前，我在短短一個月內陸陸續續領了一千兩百萬，直到他們兩兄弟的戶頭只剩下八十三萬。有一天，公司來了三個人看了很久，搬走了很多水晶雕刻，大概值一千五百萬，從那天起，陳明財就再也沒有賭職棒了，只是沒想到，他居然跟錢莊借了五百萬，實拿只有四百萬，每十天的利息一百萬，然後把所有的存貨分批便宜賣給六個同行，三千萬的貨只賣了五百萬，並陸續又跟親友借了八百多萬，總共付了十三次的利息。」

「還有什麼線索嗎？」

「這三部車子，八個人就是錢莊的人，我跟蹤他們到這家麵包店樓下。」陳怡真指著桌上的一堆照片說。

「謝謝妳的合作！還有需要補充的嗎？」

「沒有了。」

「妳知道他的組頭是誰嗎？」

「知道！資料跟帳目都在裡面，你慢慢看吧！有問題的話再問我。」

「這是我的名片。」

「我希望你們能救回堂哥，伯父伯母都七十多歲了，無依無靠的。」

不同的三棟大樓外面，分別停了監聽的車子，由賴良忠、小白、小蔡帶隊，賴良忠的手機響了：「你好！」

「這麼客氣幹嘛？大家都是自己人。」

「宗志，是你啊！有什麼事嗎？」

「聽說你正在查一家錢莊，還有三家簽賭站，是嗎？」

「沒錯！」

「錢莊是老凱開的，先別動他，我打算把他的暴力討債集團一起處理掉。」

「可是有一個人質，我懷疑在大樓裡面。」

「是陳明財嗎？」

「你怎麼知道？」

「他已經跳樓死了，我問了管理員，不過他似乎沒說實話，我懷疑管理員也是同伙。」

「你打算怎麼辦？」

「分工合作，你們盯錢莊，我們盯討債集團，並隨時交換資訊。」

「就這麼辦。」

「三個網址都是地下簽賭網站，第二個站我們已經盯了快三個月，行動電話跟銀行帳號都是組頭的，四個市內電話都是錢莊，死者跟他哥哥與錢莊聯絡的那幾天，兩人的銀行戶頭都各提了五十萬現金，總共十三次，每次隔十天，我認為是付利息。」小蔡做了簡報。

　　「看來，陳明財可能還在錢莊手上，小白，去跟家屬要幾張陳明財的照片，準備救人，小蔡，把那十三天裡兩兄弟的行蹤跟通聯紀錄全調查清楚，或許會有線索。」賴良忠接著說。

七：街頭狙殺

桃園國際機場，國際刑警傑森與布萊特走出飛機，沒帶任何行李，一派輕鬆的走上白色 BMW330，開上高速公路。

　　兩個小時後，台中市警察總局的會議室裡，警察局長跟六個警官、傑森、布萊特共九人在開會。

　　「這十二個地下簽賭網站，每個月簽賭金額高達八千億台幣，不法獲利每個月超過一百億台幣，不少黑道勢力日漸坐大，全靠這些錢，兩位有什麼看法？」局長看著傑森及布萊特問。

　　「台灣這邊的簽賭金額大約佔兩成，中國五成，馬來西亞、泰國、印尼共兩成，歐洲一成，分別由三個集團控制，但是……」布萊特欲言又止。

　　「請直說無妨。」局長要他說下去！

　　「三個集團的機房跟總部全部都在台中市，這就是我們兩人來這裡的原因。」布萊特語出驚人。

　　「這怎麼可能！」副局長驚訝地看著他。

　　「其實我們早就知道機房全部在台灣，只是沒想到全都在台中市。」

會議持續進行中，而警察局的刑警隊裡，小白告訴吳宗志說：「三個站都關了，隊長。」他指著螢幕，其中三個無法顯示網頁。

傑森、布萊特向局長拜別之後走進刑警隊，布萊特說：「吳隊長、賴隊長，你們都在啊！」

「好久不見，什麼風把你們吹來啦？」吳宗志說。

傑森走到正在看著螢幕的小白及賴良忠身旁，看了螢幕之後說：「咦？這個網站⋯⋯」

「是地下簽賭站。」小白回達他。

「我知道，請試試其它這九個網站。」傑森拿出一張紙，上面就是剛才開會的十二個網站網址。

「不行！不行！不行！全都連不上了。」小白一一測試，全都無法連線了。

「布萊特，你跟我到外面一下。」傑森走到他身旁說。

走廊上只有傑森跟布萊特兩人。

「剛才的會議有內奸，剛剛開會的時候這些網站還在，現在全關了，只有十五分鐘，動作真快。」傑森輕聲說。

　　「找他們兩個隊長出去外面談好了。」布萊特說。

　　「吳隊長、賴隊長，我等等請兩位吃飯。」布萊特走回辦公室說。

　　「好啊！現在就走。」吳宗志立刻回答。

　　長榮桂冠酒店外，布萊特等四人下車，遠方有個人騎著機車，停了下來，並立即拿出手機撥打電話。

　　二樓的長園中餐廳裡，四人點餐完畢，吳宗志趁服務生離去的空檔問道：「我知道你有話說，現在可以告訴我了嗎？」他看著布萊特。

　　「如果你們的長官是內奸，洩露消息給地下簽賭網站，你會怎麼做？」

　　「公事公辦。」吳宗志毫不猶豫就回答了。

　　「知道是誰嗎？」賴良忠問。

「不知道！剛才的會議共有九個人參加，除了我們兩個，還有局長全程陪著我們，另外六個人都有嫌疑。」傑森分析了狀況。

「我知道了，我會查出來的。」吳宗志面色有些凝重地回答。

「先吃飯吧！吃完慢慢研究。」賴良忠拍拍他的肩膀微笑地說。

網吧裡，大多數的人都埋頭苦幹，玩著各式各樣的線上遊戲，角落裡，一個年約三十歲的男人，二部電腦都是無法顯示網頁的情形，他正在講手機：「森哥啊！三個站都連不上。」

「我知道啦！條子正在盯，明天才能換網址，今天暫停營業啦。」

「我知道了。」

森哥掛斷電話，他坐在一間會議室裡，共有十五個地下簽賭站的組頭正在開會，會議正要開始，其中一人站起來說話了，他是豹哥。

「國際刑警派了兩個高手來台灣，目標是我們。」

「怕什麼！我們在條子那邊內線那麼多。」楊董大聲回答他。

「話不能這麼說，副局長告訴我，他們兩個非常狠，辦過的案子裡，最大的那兩件，總共死了三百多人，其中有不少是條子，一共抓了一千四百多人，據說紐約的警察局長就是被他們做掉的。」雲哥開始分析布萊特跟傑森的背景。

「找幾個人，幹掉他們不就行了。」楊董依舊很大聲回答。

「一千多個人去抓他們兩個都沒得手，可見他們很小心。」雲哥說。

「等等我就去找人，我就不信他們有三頭六臂。」楊董有些激動。

「就照楊董的意思。」豹哥說完眾人亦紛紛點頭同意。

「我沒意見了。」雲哥知道自己孤掌難鳴也不願再多說什麼了。

長榮桂冠酒店二樓的長園中餐廳裡，四人會議即將結束，賴良忠說：「那就一言為定了。」

「等等就去把我們的傢伙帶來，我有預感，會有一場硬仗要打。」布萊特說。

「沒問題，東西在我手上，還沒還呢！」吳宗志說。

「這件案子要麻煩兩位多費心了，我們只相信兩位。」傑森說。

「我們一定會幫到底的，對吧！宗志。」賴良忠說。

「放心吧！」吳宗志說。

散會之後，跟蹤他們四人的機車依舊跟在遠方，沒有被發現。

晚上十一點，白色 BMW330 再度開進長榮桂冠，兩人正要停車，一名頭戴鴨舌帽的黑衣人手持烏茲衝鋒槍，在車子前方約五公尺朝著前擋風玻璃狂射，十多發子彈並未打穿玻璃，歹徒發現那是防彈玻璃後，他立即走到車子的側面，布萊特將車子緩緩倒退。

槍手朝側門又開了十多槍，直到子彈用盡，車子側面彈痕累累，槍手拔出置於背後的手槍朝油箱蓋的位置連續開了五槍未得手，於是他拿起掛在胸前的手榴彈，拔掉插梢，這時一聲槍響，槍手背部中彈並向前倒地，手榴彈向右前方滾了三公尺左右，在一部黑色賓士下方爆炸，車子變成火球。

賴良忠收起手槍後緩緩走到布萊特身邊，沒有說任何話，雙方一個眼神交換之後，車子駛離現場，賴良忠拿起手機撥出指令以便處理這一團混亂。

　　十五個組頭又開會了，雲哥率先開口：「我說過了，他們兩個一定不簡單，你們不信，這下打草驚蛇了！」

　　「再找些人不就得了。」楊董不願認錯立刻回話。

　　「剛才副局長告訴我，他們兩人已經失蹤了，所以不是多找人的問題，重點是人在那裡？」豹哥說。

　　「白色 BMW330，上面十幾個彈孔，還怕找不到，哼！」楊董顯得相當不悅！

　　「我要先出國避風頭了，你們自己想辦法吧！這裡是一千萬，我沒人可調，只能出錢。」雲哥拿出兩箱錢放在桌上說。

　　「膽小鬼。」楊董輕蔑地看著他說。

　　「我保證你會後悔惹上那兩個人，用我的性命擔保。再見了！」雲哥說完便轉身離開，另外十四人則繼續開會。

八：獵豹行動

十二個地下簽賭網站很快地又用不同的網址營業了，但也很快地被網路犯罪組鎖定，警局裡，小白正紀錄著他們的一舉一動。

森哥離開會議室，走到停車場，他打開白色保時捷 911 車門，迅速發動車子，揚長而去，吳宗志在對面的路口看著電腦螢幕，對著阿傑說：「有了這個追蹤器，他逃不掉的！」

十五分鐘後吳宗志在森哥住處的停車場，他走到白色保時捷911旁，拆下車底的追蹤器，走上車。

吳宗志在車上拿出一張紙，上面寫了十四部車的車號、型號、顏色等，包括賓士、BMW、LEXUS、保時捷、奧斯通馬汀、瑪莎拉蒂、法拉利等等，這些車正是這十五個組頭的，除了雲哥的名字不在上面，他撥出電話。

「賴隊長！全找到人了，要不要抓？」

「不用了，讓布萊特他們處理吧！」

「我也這麼想，抓了十幾次都定不了罪，每次都是人頭出面頂罪。」

「把資料給他們吧！」

文心路三段的一棟辦公大樓裡，雲哥以外的十四個組頭正在巡視機房，兩個工程師陪同，兩百多部最新型的伺服器串在一起，工程師正忙著介紹機器，森哥說：「走吧！到會議室報告！」他不耐煩的打斷這名工程師的介紹。

會議室裡，十六個人，牆上的日曆是星期六，一旁的時鐘指著九點三十分。

「今晚不會再當掉了吧？」森哥盯著工程師問。

「頻寬已經加大兩倍，是 200M 雙向傳輸，電腦也已經全部升級到最好，應該沒問題了。」硬體工程師信心滿滿的回答。

「再當機，你們兩個就不用來上班了，知道嗎？」楊董語帶威脅地說。

「知道了！」

附近的大樓裡，布萊特正在講手機。

「知道是那些車了嗎？」

「知道了！」傑森在某處回答他。

「我先從這裡解決幾個人，等等他們會逃跑，你要守好！」

「沒問題！」

布萊特掛掉電話，走向窗戶旁，望著對面的大樓，只有一層的燈亮著，星期六的晚上，辦公大樓應該是沒有人上班的，而足球比賽，卻集中在星期六下午到星期一的凌晨，所以這些時段反而是地下簽賭網站的巔峰時間。

　　布萊特把窗戶關上，只留一個縫，拉上窗簾，將狙擊槍裝上滅音器及瞄準鏡，用腳架固定好，他將眼睛湊近，對準坐在正對面的森哥，並左右來回瞄準其他人。

　　牆上的鐘指著九點三十三分，忽然間，玻璃破了一個洞，森哥中槍躺在椅子上，他左手按著胸口，血流到他的手上，眾人還來不及反應，森哥右邊的組頭頭部中彈，摔下椅子。

　　這下子所有人才驚覺事態嚴重，全都趴在地上，並有人開始爬出會議室，第一個人爬了出去，第二個可沒有這麼幸運，布萊特擊中他的背部，子彈穿過身體從左胸穿出，他還來不及慘叫就倒地不起，這時玻璃已經破了一個大洞，風一吹，辦公室裡的紙張全飛了起來。

　　一個體重逾百公斤的胖子趁機起身往門口跑，他以為這樣就可以避開死神的召喚，可是他錯了，體重拖延了他逃命的時間，布萊特只花了將近兩秒就瞄準到他的背部，並毫不遲疑地

扣下板機，他背部中彈後身體立即向前倒下，壓到了趴在地上的楊董，楊董的衣服沾滿了他的血，他費力地推開這個胖子！

這時有人拉著辦公桌慢慢移向門口，成功的離開那裡，失去桌子的避護，二個人露出了身體的一部份，布萊特立即發現了，他瞄準其中一條腿的膝關節擊穿它，這個人痛得直翻滾，另一人右肩被布萊特看到，也立即遭到子彈貫穿，布萊特再各補上兩槍結束他們的性命。

豹哥慢慢爬向門口，露出了小腿，布萊特擊穿了正中心，豹哥痛得哀號起來！此時另一隻小腿也被擊穿，他奮力用雙手爬行到門口，在地板上留下二行紅色的血跡，布萊特屏氣凝神仔細瞄準，朝他的後腦開槍，腦漿從眼球的位置被子彈帶出，噴在一人的臉上，其中一小片黏在他的右眼上，他害怕的發抖著，並尿濕了褲子！布萊特結束了一代賭王的一生。

辦公大樓的停車場出口，一部黑色 Aston Martin DBS 衝出來，差點撞到人，正當他回神想加油門，前擋風玻璃破了一個洞，無數碎片朝他的臉射去，子彈貫穿他的喉嚨，他抓著自己的脖子斷氣，白色 LEXUS430 緊跟在後面，來不及煞車撞上了 Aston Martin ，安全氣囊立即爆開，把開車的人嚇了一跳，

傑森瞄準他的右眼，一槍斃命，前擋風玻璃也是破了一個洞，銀色 BMW750 車子車主楊董見狀，不敢再往前開，眼尖的傑森趁機瞄準他的眉心，將子彈送進他的腦袋中，傑森拿起電話問。

「你那邊怎樣了？」

「七個！」布萊特說。

「三個！」

「還有四個！」這時一部警車來了！

「撤退吧！」

九：以暴制暴

刑警隊裡，新升任不久的張偉隆小隊長正在跟吳宗志還有賴良忠說話：「吳隊長，這十個人全死於槍擊，是狙擊槍 Barrett M82 的子彈，我研判是職業殺手所做！你有什麼看法呢？」

　　「他們都是地下簽賭站的大組頭，死有餘辜，這幾年來不知道害死多少人了！」吳宗志回答他，但偏離了話題！

　　「是啊！根據我的資料，這個集團已經直接或間接害了一百多個人自殺，十幾個婦女被強姦，三十多人被迫下海當妓女，十五人用身體藏毒運毒品，其中七人因為毒品的外包裝破裂而導致死亡，其他較小的案件更不計其數！」賴良忠說了一堆數據，也是偏離了話題！。

　　「兩位言下之意，似乎是要我別辦下去了！」張偉隆來回看著他們兩人。

　　「我們到外面談談。」吳宗志搭著他的肩膀微笑地說。

　　警察局對面的空地上，一棵樹下，吳宗志看著張偉隆。

　　「張隊長，我問你一件事，請你慎重的思考過再回答我。」

　　「好！」

　　「如果警局裡面有內奸，包庇犯罪集團，你會怎麼做？」

「我會公事公辦！」他不加思索的回答，毫不猶豫！

「很好！」

「是誰？」

「以後再告訴你，再問你一件事，如果這次的屠殺是政府的意思，你怎麼辦？」

「我不懂？」張偉隆疑惑地看著吳宗志。

「告訴他吧！我相信張隊長的為人。」賴良忠看著吳宗志。

「你還記得之前南部大毒梟那件案子嗎？」

「記得！全死於炸彈、手榴彈還有狙擊槍 Barrett M82，那是我們一起辦的案子，莫非？」他似乎得到答案了。

「政府知道有很多貪污的警官，勾結很多黑道勢力，明知道卻搜證困難，定不了罪，只好借助國際刑警的力量消滅他們！」

「你的意思是布…」吳宗志打斷了他的話。

「這件事希望你守口如瓶，因為這是不得已的，我們辦案十多年了，像這樣牽連上萬人的案件，到最後一定會遇到許多阻力，甚至民代或高官的壓力，然後不了了之，可是眼見黑道勢力日漸壯大，越來越囂張！」

「所以政府就運用他們兩個人的力量。」

「不！其實我們兩個也是，那些武器其實是我跟政府申請的，我希望你也加入。」

「此話怎講？」張偉隆又疑惑地看著吳宗志。

「你為什麼要當刑警？」

「為民除害嘍！」

「現在你的機會來了！」

「除了政府會不定期訓練我們，我們未來所使用的武器及裝備都會比較先進，還有更好的防彈衣，以及更好的收入等等。」

　　三個人談了約一小時，這股新的力量對刑警隊及布萊特，將會有巨大的影響。

十：風聲鶴唳

台中市河南路上的某棟辦公大樓裡，另一個簽賭集團正在開會，主持的是文哥。

　　「豹哥死了！他們的機器全被搬走了，另外九個大股東跟他一樣，都是被狙擊槍打死。」

　　「文哥，這對我們有什麼影響？」樹哥問道。

　　「阿樹，我問你，誰會這麼狠，下這種毒手？」文哥走到他身邊嚴肅地說。

　　「也許是同行！」他語氣有些遲疑。

　　「這一行裡，亞洲有三大勢力，益哥為首的星堡系列，豹哥為首的國際系列。」

　　「還有我們！」樹哥不等文哥說完插話說。

　　「如果益哥要動我們，你認為我們有多少勝算？」

　　「沒有！」

　　「所以我認為不是他們，而是條子！」

　　「為什麼？」

　　「最近兩年，益哥跟豹哥的系統，處理呆帳都非常狠，據我所知，已經做掉了二千多人，大部份在中國，已經引起中央

56

的注意，豹哥的生意主要在台灣，我猜，他綁了不少職棒球員，惹火了政府。」

「那我們應該怎麼辦？」樹哥一臉疑惑。

「我決定暫時收手，三個月後再做決定。」

「可是那麼多兄弟要吃飯！」樹哥無奈的說出重點！

「你想拼命？」文哥盯著他的眼睛問道。

「沒有。」樹哥無言以對。

「兩年來，我們每個人都賺了不少錢，不值得捲入這次的風暴。」文哥對所有在場的人說。

「好，就照你說的。」樹哥同意了，其他五個組頭也紛紛點頭，他們決定暫時消聲匿跡。

文心路上另一棟辦公大樓，益哥為首的星堡系列也在開緊急會議。

「我接到消息，國際刑警已經盯上我們，豹哥的國際系列已經被他們做了，文哥的站也已經關了五天，我看他們想避風頭，小麥，有什麼方法不會被盯上？」益哥問。

「很困難！條子在我們這邊少說也開了五百個帳號，而且都經常下注，大陸那邊根本分不清楚到底誰是條子，誰是玩家？」小麥雙手一攤，束手無策！

「想想辦法！」

「益哥，我不想騙你，每個週六、日，我們的流量排名全世界十大，同類網站則是世界第一，所有資料都必須經過原始網址才能入帳，除非......」他面有難色地回答，欲言又止。

「除非怎樣？」益哥盯著他問道。

「程式重寫，那至少要花半年寫程式再加三個月測試，遠水救不了近火！」

「明天就開始寫吧！」

「是，益哥。」

「華哥，你有什麼看法？」益哥問。

「現在上千人靠我們吃飯，工程師、客服、帳務、控盤、股東、總代理、代理，這麼多人，不能說停就停！而且兩萬多個客戶，要怎麼交待！」

「話是沒錯，但是我可不想跟豹哥一樣的下場。」益哥憂心忡忡地說。

「你們台灣人不敢動條子，我新加坡 Simon 敢。」他大聲插話。

「冷靜點，豹哥就是因為派人追殺國際刑警，才會成為目標，第一個被剷除，如果我們的行動失敗了，那麼在座的每個人都會變成槍靶。」益哥說。

「那怎麼辦？把生意結束掉，我可辦不到，我得養百來個兄弟！」Simon 說。

「說那麼多都是廢話，跟他們拼了，不然怎麼跟兄弟們交待？」全哥說。

「阿全，你認識我幾年了？」益哥問全哥。

「十五年。」

「這十五年來，你曾經看我怕過誰？」

「從來沒有。」

「知道我這次為什麼會害怕嗎？」

「不知道！」他疑惑地回答。

「松哥那件事你還記得嗎？」

「記得，簡直是屠殺。」

「那件事就是這兩個國際刑警幹的，豹哥他們十個人也是，前天副局長把檔案給我，小麥，麻煩你把他們的照片用投影機放出來。」

「是。」

「這個叫吉米布萊特，這是傑森威廉，他們聯手幹掉紐約第一大跟第二大販毒集團，一千六百人去逮他們兩個，結果死了三百多人，其他人全被逮捕，可見他們兩人的背後一定有一股很強大的勢力支撐著，雖然這裡是台灣，但我猜政府會默許他們兩人以暴制暴，否則上次松哥的案子不可能這麼單純就結案了。」

「說來說去，你就是怕死！」Simon 說。

「老子不怕死！」全哥激動的說。

「你們這麼衝動，萬一政府下令動我們，有十個副局長也沒用。」益哥說。

「婆婆媽媽的，怎麼領導我們？」Simon 大聲說。

「沒錯！我想收手了，趁今天的會議，選一個新的領導者吧！」益哥語出驚人，全場一片嘩然。

「益哥，這？」全哥有些錯愕！

「我已經下定決心了，阿全，我的股份都給你。」

「用投票決定領導人吧！」華哥說。

「我沒意見了，我先離開了。」益哥說完便轉身離去。

「現在開始投票，我選華哥。」Simon 說。

眾人的意見一致，華哥登上了領導者的位置。

「我決定從大陸找二百個殺手過來，出了事也可以推得一乾二淨。」華哥說。

「就依你說的。」Simon 說。

「好！」全哥說。

「那就請大家一人拿出五百萬來。」華哥說，眾人紛紛點頭同意，結束了這場會議。

益哥來到地下停車場，進入銀色賓士 AMG，開到一家中古汽車店，賣掉車子，換了一部豐田 CAMRY，消失在茫茫人海中。

十一：敗家子

台中市警察局的網路警察辦公室內，三十六個螢幕，九部電腦九個人坐在電腦前面，副局長走了進去問道。

「最近都在辦什麼案子？」

「報告副局長，詐騙、援交、散播色情圖片。」小白回答他。

「網路簽賭呢？」

「全台灣三十八個主要網站已經關了三十五個，他們全換了新網址，資料還在調查中。」

「很好！辛苦了。」副局長一抹微笑離開那裡。

所有的地下簽賭站都暫停營業，並開始積極催討帳款。成功路的金城銀樓裡，「張董，這裡的金子約五十公斤重。」陳董吃力的抱了兩包金飾放到桌上。

「陳董，看樣子你是打算不做了。」張董搖搖頭看著他。

「是啊！」陳董的心情非常沉重。

「老婆！麻煩妳全部秤過，算出總重量。」

「陳董，量這麼大，我只能給你九五折。」

「好，沒問題。」

「老公，總共四十八公斤七百五十三點三公克。」她按了計算機算出價錢。

「陳董，這個數字可以嗎？」

「可以。」張董開了一張支票給陳董。

「後天的票，可是我明天就需要八百萬。」他面有難色地說。

「找對方喬一下吧！我張可成的票是鐵票呢。」

「好吧。」陳董立即撥了電話：「華哥，我是陳平正，我跟朋友調足了，但是必須慢一天。」

「行了，我知道了，下次要準時一點。」

他接著又撥了一通電話：「邦哥，我是陳平正。」

「又想延期嗎？」邦哥不悅地問。

「是的。」

「告訴你，如果這次再沒辦法，我就找人去你店裡搬金子。」邦哥語帶威脅。

「是的，邦哥，我後天一定會給你。」

「看來你已經山窮水盡。」張董說。

「不瞞您說，我這個星期已經連輸七場，每場兩百萬。」

「真可惜，你的父親留了一億三千萬給你，想不到才三年就被你敗光。」

「真是慚愧！全被我賭光喝光了。」

台中市南屯區一處空地上，唯一的建築物是一棟三樓透天厝，一樓是麵包店，旁邊停了二部廂型車，還有四部汽車，二樓是一間辦公室，共有七人，陸續又進來八個人。

「凱哥，這是今天的帳。」其中一人說話了，並且交給凱哥一疊鈔票、本票和收據等。

「這是我的。」接連八個人都這麼做。

「最近生意掉很多，阿立，你知道什麼原因嗎？」凱哥問道。

「條子全力追查三大簽賭網站，全都停止營業了。」

「他媽的！再這樣下去，興哥那邊的小弟恐怕會跑光。」凱哥憤憤不平地說。

附近的空地上，一部監聽車錄下了所有的對話，阿傑說：「收工了。」

　　東興路上的一家泡沫紅茶裡，全是凶神惡煞，三十幾個渾身刺青的兄弟，還有十幾個年輕小伙子，也許未滿十八歲，頭髮分別染成金色、紅色、藍色等。

　　「興哥，最近都沒什麼帳可以討，我們的錢都快花光了。」大目仔說。

　　「我知道，凱哥那邊生意也不好。」興哥說。

　　「所有的人拍照存證，汽車機車車號、車型、顏色全抄起來，明天早上印出車主姓名，並查清楚是不是假車牌或贓車，小白，盯著興哥跟大目仔這兩個帶頭的，我要他們二十四小時都有人在監控。」吳宗志在泡沫紅茶對面的大樓裡指揮。

　　「好！我會安排。」

十二：黑白勾結

警局的某間會議室裡，張偉隆正在跟屬下們開會。

　　「各位，以下的會議內容不得透露，連長官也不能說。」

　　「為什麼？」小李問道。

　　「因為我們的長官裡，有人跟簽賭集團勾結，洩露機密給他們。」

　　「什麼會議這麼神秘？」小陳問道。

　　「這棟大樓裡，有世界最大地下簽賭網站的機房。」張偉隆指著幻燈片。

　　「還有八部高級車，小李，麻煩你。」張偉隆接著又說。

　　小李將幻燈片切換至八部高級車的畫面，共八個人。

　　「這八個人我要在二天內知道他們以下的資料，包括住處、銀行帳戶、親人名單及照片、是否有其他車子或住處或房地產。」

　　「時間不太夠。」小陳說。

　　「那就多半天。」

　　「是！隊長。」

「分成八組，二十四小時緊迫釘人，所有電話錄音，接觸的所有人拍照及錄影存證，出發。」

一小時後，警局的另一間會議室裡，局長正在跟七個高階警官開會。

「上面要我們掃蕩地下簽賭站，十五分鐘後集合出發，散會。」局長說。

副局長匆忙跑進廁所，但是他不知道廁所裡裝了不少針孔攝影機和竊聽器，所以打了幾通電話出去，小白正在監看這一切的經過。局長在門口等著副局長，他走出廁所後一臉驚訝！嚇得說不出話來。

「拷起來。」二名制服警察帶走了他。

「局長，要出發抓人嗎？」另一位高階警官問道。

「不用了，人已經抓到了。」

「您是說副局長？」

「嗯！」

「華哥，副局長出事了，以後由我當聯絡人。」一個在警察局內部的警官打了一通電話。

「怎麼了？」華哥問。

「他剛剛因為通知你們，被局長親自逮捕了。」

「怎麼稱呼？」

「我是誰不重要，你只要知道，我可以提供你消息。」

「你想要多少？」

「爽快，我給你一個地址，還有那裡的鑰匙，放五十萬現金在裡面，對了，別耍花樣，我每個月都會換地址。」

「你很貪心喔！」

「根據上次開會的消息，你們一個月賺幾十億，我提供重要的消息給你們，保障你們的生意可以繼續，你竟然說我貪心，那就改成每個月一百萬吧！」

「從來沒人敢這樣要脅我的。」

「別說的那麼難聽，副局長每個月拿你們五百萬，你竟然敢睜眼說瞎話，說我很貪心。」

「你怎麼知道我給他這麼多？」

「他的黑錢都是我在處理，你以為副局長會笨到自己去處理那些錢嗎？」

「好，我一樣每個月給五百萬，不過你必須給我最正確的消息，而且不能漏掉任何一條。」

「如果是中央的消息，那我就沒辦法了。」

「這我知道，所以那邊我們也有聯絡人。」

「這樣吧！明天你就先付第一筆，明天晚上我就告訴你一個非常重要的消息。」

「好。」

「錢拿到了，不過，你要仔細聽好，因為這會影響你我的未來。」第二天晚上，兩人再度通電話。

「這麼嚴重？」

「這兩個國際刑警，是來消滅你們的。」

「什麼意思？」

「豹哥那邊的事，你不會不知道吧！」

「我當然知道，所以我決定先下手。」

「你要想清楚，他們非常狠的，不先避風頭嗎？」

「我才不怕他們。」

「好吧！既然你這麼有信心，再說什麼也是多餘。」

　　「你的消息就這樣而已？」

　　「當然不止，他們會連討債的、放高利貸的一起處理。」

　　「我不相信，就憑他們兩個！」

　　「好話說盡了，是不是真的你自己判斷。」華哥氣得把電話掛斷，不願再說下去。

十三：黑幫輓歌

Simon 開著銀色保時捷 911，全哥開黑色瑪莎拉蒂，其他六部車也都是高級車，八部車分別有三組人跟著，Simon 開到了七期一間獨棟別墅裡，全哥開進一棟豪宅大樓，其他六人也都被警方盯著，警方正準備下一波行動。

麵包店的老闆在門口貼了一張紅紙，上面寫著「暫停營業三天，不便之處敬請見諒！」他拉下鐵門，開著廂型車離去。第二天傍晚，凱哥等十五人一如往常在麵包店二樓開會，三十公尺外，布萊特手拿著搖控器，姆指按下按鈕，一聲巨響，碰！麵包店瞬間夷為平地，凱哥等人全都慘死，布萊特拿下太陽眼鏡，慢慢遠離麵包店，白色 BMW 完好如初地從百公尺外開過來，載走了他。

Simon 的家中，多了十幾個人，全是些道上的兄弟，正在討論如何對付布萊特兩人，會議完畢了。

「我請各位去金錢豹喝酒。」Simon 說。

「好！」四五名兄弟附和。

「那走吧！」

Simon 家門口，他第一個把車開出門，尚未到馬路上，頭部胸部各中一槍，坐在他旁邊那人胸部緊接著中槍，其他人見

情況不對，連忙跑回屋裡，十多人分別拿了手槍、衝鋒槍、手榴彈，一個人開始探頭探腦地向外看，眼睛中彈，子彈穿過後腦，腦漿噴出，旁邊那人見狀，嚇得直發抖，他雙腿發軟地慢慢向下跪地並尿了一褲子，持烏茲衝鋒槍的人朝馬路胡亂掃射。布萊特跟傑森兩人聯手，一人一槍，將這個瘋狂掃射的人擊斃，子彈分別從他的左右胸進入身體，瞬間穿過皮膚、肉、肋骨、心臟、肺、肝，從他的背穿出身體並帶出一些血，由於子彈速度過快，他還來不及感覺疼痛就已經向後倒下，然後開始感覺疼痛，體溫迅速下降，他掙扎了幾下後便斷氣了。其他人也開始反擊，但找不到目標，此時又兩人倒地，死法跟剛才倒下那人差不多，只不過他們兩個只被一顆子彈打中。

「投降吧！對方是狙擊手！」混亂中一人這麼提議。

「哼！膽小鬼。」說完便胡亂開槍。

布萊特的瞄準鏡裡，他的胸口在十字的中心點，子彈打斷了他的右手中指後擊中胸骨，將他的身體向後帶，他後腦袋著地，鮮血開始湧出，這時候有人停火，舉起白旗，二個人從別墅後面翻牆出去，落在地上之後，十多個警察突然出現，用槍指著他們，他們只好雙手抱頭蹲下投降。

另一名爬牆的人，在牆的最高處中槍，傑森擊中他的右小腿，他從牆上摔到隔壁，這時警察局長拿著大聲公：「裡面的人聽著，放下武器，立刻投降，否則格殺勿論！」

七個人抱著頭，慢慢從保時捷旁走到外面，經過一番盤問，小白說：「隊長，全是大陸仔，偷渡來的。」

「先帶回去。」警察局長說。

「阿全，你現在知道我在害怕什麼了吧！」益哥家中。

「知道！Simon 還沒出門口，就被幹掉了，兩槍都是從胸口進背部出，沒有活命的機會！」阿全說。

「你知道凱哥嗎？」益哥說。

「放角子那個？」阿全用台語回答。(放角子即為高利貸)

「嗯！十五個人被炸死。」益哥心情有些沈重地說。

「什麼時候的事？」阿全問道。

「兩天前，麵包店夷為平地，但厲害的是附近的建築物毫無損傷，連玻璃都沒破，可見炸藥的用量是經過精密的計算，專業的程度前所未有。」益哥非常仔細的說著這一場屠殺。

「你是說？」阿全驚訝的看著益哥。

「我認為凱哥的手下，興哥跟大目仔因為逼死了這兩兄弟。」益哥拿出一份報紙，斗大的頭條新聞寫著：知名水晶貿易商，陳明財兄弟二人沈迷職棒簽賭，輸光數千萬後遭高利貸綁走，逃脫後卻分別自殺。

「所以政府拿他們開刀？」

「沒錯！我猜下一個目標是華哥，然後是大型的錢莊，還有討債集團。」

「為什麼是華哥？」阿全疑惑地看著益哥問。

「道上盛傳他調了數百人，隨時準備向布萊特出手。」

「要不要通知他？」

「他不會聽你的，而且你們的電話都被監聽了，我相信條子正在外面，時時刻刻盯著你的一舉一動。」

「那怎麼辦？」

「什麼都別做，你看文哥他們不是什麼事都沒有！」

「你說的對，賺再多的錢，如果沒命花還是枉然！」

「阿全，把車賣了，跟我一樣換台便宜的車，還有，別登記在你名下！」益哥非常低調而且小心謹慎，這讓他保住了自己的性命！

「我知道怎麼做了。」阿全有些無奈地接受了事實。

一處三合院民宅，是華哥的老家，十多個老大跟他正在院子裡喝酒，忽然間一百多個警察衝進來，將他們全壓在地上，部份警察進入房內搜索。

「報告局長，裡面搜到大批軍火！」吳宗志說

「搜他們的車子，不合作的人就當場處理掉。」局長語帶威脅地說。

「你嚇唬我。」華哥不以為然地說完，吳宗志拿起手槍直接往他的右大腿開了一槍，鮮血直流，華哥仍怒視著吳宗志。

「混蛋。」他大聲哀號並大罵！吳宗志將槍口對著他的臉，槍口的餘熱燙傷了他的皮膚。

「還有誰有疑問？」局長大聲說，眾人開始乖乖交出車鑰匙。

「報告局長，八台車上都有火力強大的軍火。」經過一番搜查後，吳宗志說。

「全都帶回去。」

十四：大魚現蹤

網路警察辦公室裡。

「吳隊長，星堡還在營業，你看！」小白說。

「我知道了！查出它的 IP，地址，十分鐘後報告給局長知道。」

「是！還有一個新站，叫大西洋，流量很大，會員至少兩萬人，我猜全部的生意全被他接走了。」小白手指著螢幕上的簽賭網站說。

「謝謝你，小白，盯好這個站，一併告訴局長。」

台南永康的某處，一棟豪華別墅，佔地超過二甲，房子三層樓高，紅白相間的磁磚，門口有兩個守衛，一部豐田車開到那裡，BMW850 跟在後面，豐田車裡一個人探頭告訴守衛。

「麻煩你通知助哥，阿益跟文哥來了。」益哥就是探頭的人。

「請進。」

一樓的客廳，至少有五十坪大，一位女傭人將益哥及文哥帶到客廳後，一名理著大光頭的中年男子，小腹微突，他大聲地說：「阿益，文哥，你們來了。」

「助哥。」兩人異口同聲地回答。

「大姐，請雲哥出來。」助哥向那位女傭人說。

雲哥從旁邊一間房間走出來，四人坐在客廳，助哥說：

「大姐，泡茶。」

「三位大駕光臨，阿助非常高興，不知是為了何事？」助哥接著又說。

「助哥，您見笑了，我們三個被政府逼得走投無路了。」益哥說。

「原來是為了這件事，聽說死了不少人？」三人頻頻點頭。

「你們打算怎麼辦？」助哥似乎不是很在乎這三個人。

「我希望把所有的注單全轉到大西洋。」益哥說。

「我也是。」雲哥說。

「文哥，你呢？」

「一樣。」

「你們太看得起我了吧！」助哥說完後大笑著。

「助哥，你太謙虛了，我知道你的機房在香港，而且你的程式比較先進，資料分別存在不同的大樓裡，警察根本奈何不了你的。」雲哥說。

「雲哥，你的消息真快，我才去香港三個月，你就知道的一清二處。」助哥又大笑。

「不知道助哥能否答應我們？」文哥說。

「行！不過必須弄一個新的站，叫拉斯好了！」

「拉斯維加斯，簡稱拉斯。」雲哥說。

「沒錯！不過，各位的生意我沒興趣，這樣吧！我不貪心，你們每人每月付我五百萬的管理費用就行了。」

「沒問題。」益哥說。

「合理。」雲哥說。

「我沒意見。」文哥說。

這時女傭人走過來用耳語跟助哥說了一些話。

「三位，對不起！我有貴客，請到二樓休息室等一會。」

　　益哥在二樓的休息室向窗外望去，十二部黑色的大型廂型車開進停車場，大門外六部電視台 SNG 轉播車，益哥說：「是總統！」他有些驚訝。

　　「我早該想到的，他們是同鄉。」雲哥說。

　　「真沒想到。」文哥也是驚訝地說。

　　「他來做什麼？」益哥說。

　　「控制賭盤！總統想連任，可是民調不理想，助哥是南部最大莊家，只要助哥的盤開出對方讓五十萬票，那麼南部的選民會全力催票。」雲哥說。

　　「可是這樣做助哥不是會慘賠？」益哥說。

　　「所以找我們三個開刀，把我們的生意全搶光，不用三個月，這些損失就回來了，而且每個月多賺好多！」雲哥說。

　　「真狠。」文哥說。

　　「恐怕背後還有更驚人的陰謀？」雲哥說。

　　「怎麼說？」文哥說。

　　「你們對台灣的職棒有什麼看法？」雲哥說。

　　「全是假的，統統在演戲！」益哥說。

「可是愛賭的還是大有人在，一場球平均二至三億的輸贏。」文哥說。

「如果能夠掌握賭資較多的比賽就可以賺大錢。」雲哥說。

「那豈不是詐賭。」文哥說。

「我懷疑他們利用這個方法為選舉籌錢，據說他的對手在上次選舉撒了六十幾億，這次更準備了一百二十億來迎戰，所以這次要贏，至少要灑兩三百億。」雲哥說。

「這麼說我們是人家的眼中釘嘍！」益哥說。

「我們三人的生意，是真正的賭博，客人賭的是運氣，只要運氣不是太差，只會慢慢輸。」雲哥說。

「如果賭台灣職棒，很容易就連輸十幾場，而且越賭越大，我聽下線說有個企業小開，第一場輸一百萬，第二場兩百萬，越押越大，最多一場輸五千萬。」益哥說。

「這種殺雞取卵的方法真夠狠啊。」文哥說。

「所以我們被剷除後，所有的賭資往助哥這邊跑，很快就會被他吸乾，我們的動作如果不快一點，恐怕會一蹶不振，想再翻身就很難了。」雲哥說。

「看來我們三個必須合作才能對抗助哥了。」文哥說。

　　三人談了十多分鐘做出決議，文哥說：「就照你們的意思，用雲哥的新程式。」

　　「我的人全跑光了。」雲哥說。

　　「你是說硬體工程師？」益哥說。

　　「是的。」雲哥說。

　　「放心！我和文哥的人足夠應付的。」益哥說。

　　「看來我們將有一場硬仗要打。」雲哥說。

十五：死灰復燃

三個月後，台中市警察局裡，小白拿著簡報對吳宗志說：「吳隊長，大西洋上上個月營業額八百億台幣，文哥益哥雲哥假意投入的拉斯也有三百億，上個月新星堡及新國際出現後，又有新巨星，三家地下賭盤重現江湖，總營業額一千兩百億台幣，大西洋立即受到影響，只剩三百億營業額，拉斯更只有一百六十億，我看我們的努力白費了。」小白顯得意興闌珊，一臉無奈！

　　「沒想到這三家賭盤會聯手，現在機房全移到香港，根本抓不到，賴隊長，你有什麼想法？」吳宗志說。

　　「讓布萊特去煩吧！你看！」賴良忠拿出一份報紙，自由時報的頭條新聞：暴力討債又一樁，一家五口燒碳亡。

　　警局的會議室裡，局長：「這些人十分囂張，已經到了無法無天的地步，市長有交待，務必在短期內破案，吳隊長，你的經驗最豐富，賴隊長跟張隊長就由你調派任務，這件案子由你們三個人聯合偵辦，別再讓外界對台中市的印象變得更遭了。」

　　「是！局長。」三個隊長異口同聲的回答。

　　三個刑警隊長密談了幾個小時，擬定了幾個方向，決心讓台中市的治安回到正軌，不再讓黑道囂張下去！

　　而地下賭盤的死灰復燃，將由布萊特跟傑森繼續追查，要再用以暴制暴的方法，還是有什麼絕招可以徹底解決呢？兩人正與高層緊密商討中。

十六：滅門慘案

警察局裡，山海水產的會計正在說明一個案件。

四十天前，黃亦山拿起報紙的廣告版，用一隻紅色簽字筆圈了二家錢莊，並立即拿起電話撥過去，一個小時後，一部綠色豐田可樂娜開到他的公司，兩個人下車，其中一人抬起頭來看著招牌並說：「山海水產有限公司，是這裡沒錯。」

經過一番評估，身穿白色衣服的男人故意皺起眉頭說：「黃董，你的狀況不是很好，我只能借你兩百。」

「可是我需要三百萬。」黃亦山急忙說。

「那就是借四百萬！利息先扣，實拿三百二十萬。」白衣人說。

「四百萬？！」黃亦山顯得有些錯愕，面有難色。

「如果你想借四百，再找一個實力夠的人擔保。」

「我開不了口。」

「怎麼了？」

「我不想讓別人知道！」

「那就先借兩百萬吧！」

「好吧！」

急需用錢的黃亦山顧不得沈重的利息負擔，一頭栽進地下錢莊的陷阱！急忙辦完手續拿錢到銀行軋票！

警察局裡，山海水產的會計說：「一切的情形就是這樣。」

「他向這兩家錢莊各借了兩百萬，對嗎？」吳宗志問。

「是的，過去一個月裡，總共付了兩次利息，分別有兩筆四十萬的支票兌現。」她比著存摺上的位置。

「阿傑，去查一下是誰領走的？」吳宗志說。

「是。」

「妳說他全家自殺有前兆，可以說清楚一些嗎？」

「可以。」

黃亦山因為第三期的利息繳不出來，不敢接電話，他偷偷摸摸地回到家，卻發現二個女兒跟三歲大的兒子被綁在客房裡的床上，他連忙將他們鬆綁，主臥室裡卻發生了一件驚人的事：「老婆！」他驚恐地看著他老婆，全身是傷，赤裸的躺在那裡。

「亦山，他們是魔鬼，不但五個人輪姦我，還在我身上用刀割了十幾處傷痕，撒上鹽巴，我不想活了。」她顫抖的說著，說完淚水便在眼裡潰堤。

「都是我沒用。」兩人相擁而泣，門口三個小孩也放聲大哭。

「他告訴我之後，第二天晚上他們就自殺了，這是他留在抽屜裡的遺書。」山海水產的會計拿出了黃亦山的遺書交給吳宗志。

「謝謝妳的配合，我一定會幫他討回公道的。」吳宗志說。

「隊長，是人頭戶，必須調監視器，鎖定那兩個人跟領錢的人。」阿傑說。

「去安排吧！我早猜到了。」吳宗志說。

「那台綠色豐田已經報失三個月了。」阿傑說。

「可惡。」吳宗志說。

十七：全力緝兇

另一個會議室裡，十多個警察在開會，張偉隆指著山海水產的監視器紀錄畫面說：「所有的監視器都要拿來看，務必要找到這兩個人。」

近百名警察全力以赴，忙得不可開交，只為了偵辦黃亦山的案子，三天後有了結果。

「張隊長，找到了，這台車每天下午都會駛進這棟大樓。」一名制服員警說。

「很好。」張偉隆走向吳宗志並說。

「吳隊長，找到地方了，要不要抓人？」

「不用了，把整個集團查清楚再說，而且討債的人還沒找到。」

「薑果然還是老的辣，我怎麼沒有想到還有討債的。」

大雅路上一家三百暢飲，兩個借錢給黃亦山的人正玩得不亦樂乎。

「清哥，我敬你。」

「茂哥，好好玩啊！」

　　二個陪酒的女人脫得只剩下內褲，兩個男人則是全脫光了，布萊特從隔壁的包廂走出來，並隨即進入他們的包廂，拿出手槍，一人三槍，當場死亡，布萊特右手拿著裝上滅音器的手槍，左手食指放在嘴唇前，比著"噓"的手勢，要她們別叫，布萊特走上前拿走兩人放在桌上的手機，那兩個女人嚇得直發抖，傑森站在門口面向櫃檯的方向戒備，布萊特走出包廂，兩人慢步離開三百暢飲店。

　　「小王，把他們的屍體處理掉，那間包廂弄乾淨一點。」三百暢飲店經理說。

　　「要不要報警？」小王問道。

　　「報警！生意還要不要做啊？」經理為了做生意選擇不報警。

　　「我了解了。」

　　小王送走所有的客人後，跟經理合力將兩人的屍體抬上一部貨車，載到鄉間小路彎了進去，草草將他們埋了。

　　「小雅、可人，這裡是五萬元，拿去壓壓驚，明天起妳們調到文心店上班。」

　　「是，經理。」經理把那兩個女孩被調到別的地方上班！

阿清跟阿茂於是從此消失在這個世界上，沒有人知道他們的下落！

　　警局裡，布萊特從三百暢飲帶走的那兩隻手機不停地響著，吳宗志說：「別理它，讓他繼續響，小白，查到了嗎？」

　　「查到了，這是發話地點。」

　　吳宗志拿起自己的手機：「傑森，地址是…」

　　「好，沒問題。」

　　向上路一棟華廈，三樓的某個房間裡：「阿肥，阿清跟阿茂這兩個傢伙昨晚八成喝掛了，去宿舍把他們叫起來。」

　　「是，周哥。」

　　阿肥騎一部藍色山葉到另一棟大樓，走進電梯，布萊特、傑森也跟著進去，阿肥走出電梯，打開門，布萊特從他後面推他一把，傑森將門關上，阿肥慌張地問：「你們是誰？」

　　布萊特拿出裝了滅音器的手槍指著他，左手食指放在嘴唇前，比著"噓"的姿勢，要他別出聲。

「別管我是誰，把公司的鑰匙拿出來，還有，我給你兩個選擇，一是指控你的老闆放高利貸跟暴力討債，第二個選擇你不會想要的，那就是讓這把槍的子彈進入你的身體裡面跳舞。」

「你去死吧！」阿肥不從，但他身邊的花瓶立即被布萊特射破。

「再問一次，你選一還是二？」布萊特再問道。

「幹%@娘啦！」子彈從阿肥的左手掌貫穿，阿肥立刻痛得大叫並按住傷口。

「爽不爽，要不要再來一次。」布萊特朝他的手開了一槍並問道。

「打死我也不說。」

「有義氣。」傑森說，布萊特朝他的左腳掌也開一槍，他又痛得大叫並跌倒。

「有骨氣。」傑森說。

「最後一次機會，答錯的話頭上會多一個光圈，去見上帝。」

「我不可能說的。」布萊特差點失去耐性，原本要朝他心臟開槍，但猶豫了一下，決定朝他的右手再開一槍。

「說不說？」布萊特問。

「不說。」阿肥仍咬牙地說。

「好！成全你。」布萊特朝他的右腳再開一槍，四肢全都中槍，鮮血直流。

「賴隊長，找人來搬資料吧！順便叫一台救護車來。」布萊特拿起手機撥出，傑森從阿肥口袋裡拿出手機跟鑰匙。

向上路華廈三樓的其中一間，電鈴響了。

「誰啊？」

「送便當。」布萊特回答。

「我沒叫便當啊！」

「阿肥叫的，他要我送來這裡。」布萊特回答，周哥打開門，布萊特用槍指著他，周哥向後退了兩步。

「誰啊？周哥。」一名中年男子體重破百從房間邊走出來邊問，布萊特跟傑森走進去並關上門。

「誰是老闆？」布萊特問。

「是我。」那名胖男人回答。

「貴姓大名？」

「大象，兩位有何貴幹？」

「是這樣的，我們查到貴公司所屬的討債集團，在一個月內逼死了十八個人，希望兩位合作，出庭做證。」

「你是在跟我開玩笑吧！年輕人。」大象回答。

「我的樣子像是在開玩笑嗎？」布萊特生氣的將槍口指在他的胸口上。

「有話好說。」周哥見苗頭不對，趕緊緩和氣氛。

「那要看兩位有沒有誠意了。」傑森說。

「出賣兄弟們，我還不是死路一條，我不可能去的。」大象說。

「你確定？」傑森問。

「確定。」布萊特等他話一說完立即朝他胸口連開三槍，大象立即倒地。

「周哥，你呢？你去不去？」傑森說。

「你們怎麼說，我就怎麼做。」周哥發抖地說。

「真的？沒騙我？」布萊特提高聲音問。

「我那敢騙兩位。」

「好！我要你把他們騙到這裡，說對方欠你們一千多萬，還很猖狂的用槍打傷了你們的人。」布萊特拿出一個地址用手比著。

　　「我知道了。」

十八：請君入甕

台中市大坑的某處別墅，佔地一千多坪，門口幾十人么喝，一個約五十歲的女人走到門口，她開口問道：「請問找誰啊？」她盯著帶頭的大哥問道，一點懼色都沒有。

　　「賴良忠，他欠我們老闆一千多萬不還，還用槍打傷我們的人。」帶頭的大哥開口說。

　　「這樣啊！你們先進來等，他再十分鐘就會回來了。」說完那女人便走進屋子連頭也不回。

　　「走吧！進去等。」帶頭的大哥說。

　　門沒關，三十幾個人全進了屋裡。

　　「大哥，不太對勁耶！裡面都沒人。」一名小弟說。

　　「怕什麼！我們幾十個人都帶刀帶槍的，還怕她一個老太婆。」帶頭的大哥說。

　　過了約三分鐘，院子裡幾百個警察，前方的員警用盾牌組成一道封鎖線，局長用大聲公說：「裡面的人聽著，放下武器，立刻出來投降。」

　　「糟了！是條子。」剛才那個小弟又說。

「上二樓。」大哥說，這時二樓有人連開了五槍，擊斃了剛才說話的小弟跟大哥，二樓的警察也用大聲公說：「乖乖出去投降，上來二樓的人我請他吃子彈。」

「怎麼辦？」一名頭髮染成藍色的小鬼，看起來只有十五歲而已，他說。

「那麼多條子，跑不掉的，別衝動，投降吧！」一名中年男人說。

「大家都投降吧！不要衝動。」中年男人對所有人說。

三十多人都雙手抱頭，慢慢走出屋子。

另一家錢莊的辦公室，狼哥說：「叫你們去討債，不是叫你們殺人、強姦、放火，弄死十幾個人，現在被人盯上了，看我怎麼收拾！？」

「狼哥，對不起！」阿治說。

「我不幹了，大象被做了，下一個可能是我，阿治，這些帳交給你處理，我退出。」

「膽子那麼小，怎麼出來跟人混，我接手全部的業務。」紅龍囂張地說。

「好啊！再見。」狼哥順水推舟讓出他的位置。

「紅龍大仔，要低調處理還是照舊的方式處理？」阿治用台語問。

　　「照舊，我才不怕條子。」

　　停車場裡，紅龍上了一部紅色賓士 230 ，鑰匙一轉，車子內部爆炸，玻璃從內向外破掉散落一地，布萊特手握搖控器在遠方冷冷地看著，紅龍的背部一個直徑約三十公分的燒焦痕跡，駕駛座也破了一個大洞。

　　布萊特拿起他的鑰匙，帶了十多名穿防彈衣的刑警，直接開門逮捕阿治等四人。

　　「阿治對吧！我知道你們有一個暴力討債集團配合，出庭做證讓他們坐牢，我保證你會被減刑。」布萊特問。

　　「他們很兇悍的。」阿治回答。

　　「這樣啊！不然你告訴我他們在那裡，我先派人抓了他們。」布萊特說。

　　「治哥，千萬別說，紅龍哥會宰了你的。」一名小弟說。

　　「紅龍已經變成黑龍了。」傑森說。

　　「此話怎講？」阿治問道。

「他剛剛已經在停車場被炸彈炸成一條燒焦的黑龍了。」傑森說。

「好吧！你們想怎樣？」阿治再問道。

大里市一群飆車族，從中興路草湖段開始聚集狂飆，呼嘯經過大里市，從中興路一段到二段進入台中市，南門橋附近，警察封鎖了附近所有的路口，五十多部機車被警察包圍起來，一部白色豪邁加速闖關，被釘板刺破輪胎，摔得人仰馬翻，另有兩人拿出手槍向警察開槍，布萊特跟傑森一人瞄準一個，擊中他們的頭部，這時所有人全安靜下來，大聲公開始喊話：「所有人熄火，接受檢查。」

一個年約十五歲的小鬼棄車開始向外逃跑，被三個警察按在地上，用警棍打得哇哇大叫！其他人見狀都不敢再亂動。

警局裡，飆車族全被上手銬，另一個房間裡，隔著一層黑色的玻璃，吳宗志問：「阿治，是這些人嗎？」

「是的。」

「你的證詞完整了嗎？」

「我知道的全說了。」

「好！我們會向法官求情的。」

第二天蘋果日報斗大的頭條：

　　台中市警方連續破獲地下錢莊、暴力討債集團，共逮捕一百零五人，並擊斃數名以武力拒捕者。由於這兩個集團使用暴力討債，受害者多達數百人，其中三十多人自殺身亡，引起政府高度關注。

十九：無法無天

台中市樂群街的某處，一名十四歲的女生背著居仁國中的書包正要上學，她才走出家門口五六步，馬路旁停著一部深藍色得利卡，上面忽然衝出六個男人，將她強行拖上車，其中一名男人問：「曾義男法官是不是妳爸爸？」

　　「是！」那女生鎮定的回答。

　　「開車。」帶頭的人對司機說。

　　「你們想怎樣？」曾義男的女兒若無其事地問。

　　「妹妹！乖乖合作，我保證妳會平安無事。」那名大哥笑著說。

　　二十多分鐘後，大肚山的某處這台車停下來，帶頭的男人問：「妳家電話幾號？」

　　「二二二八 XXXX。」

　　「喂！請問找誰？」帶頭的男人撥出手機。

　　「曾義男法官是嗎？」

　　「我是。」

「今天下午的暴力討債集團案要宣判了，對吧！我希望你高抬貴手。」

「你想威脅我？」曾義男法官有些不悅！

「別說的那麼難聽，只是想請你放我的兄弟們一馬而已。」

「辦不到！」曾義男法官立即回絕了要求。

「哈哈哈！辦不到？妹妹，來！跟妳爸爸說聲早安。」

「喂！我是倩如。」那男人立即將電話拿回到自己手上並接著說：「怎麼樣？辦得到嗎？」

「可是還有另外兩個法官。」曾義男法官的語氣放軟了些。

「放心吧！劉法官的公子也在我的手上，他剛才已經答應了。」

「那秦法官呢？」

「這就要靠你嘍！他無牽無掛的，我可沒辦法。」

「好吧！別傷害他們兩個，否則你們會付出代價的。」

「放心，只要你守信用，我一定不讓會傷害他們的。」

果然！飆車族們因罪證不足被判無罪。

警察局裡，吳宗志：「這件案子不單純，證據齊全卻依罪證不足被判無罪，局長，我看你有必要到三位法官家了解一下。」

　　曾義男法官家，警察局長疑惑地看著他問：

　　「曾法官，你有什麼苦衷，為什麼這些人被判無罪？」

　　「我說了，你可別傳出去。」他面有難色地說。

　　「放心！我一定盡全力幫你。」

　　「唉！」他嘆了一口氣，站起來走到窗戶旁背對局長。

　　「說來慚愧！我的女兒和劉法官的兒子被他們綁架，迫於形勢，我們只能就範。」

　　他說明來龍去脈之後，警察局長說：「我會讓這群無法無天的歹徒付出代價的。」

　　警察局的會議室裡，吳宗志說：「全天候跟監，錄音錄影，通聯紀錄，吃喝拉撒睡都做成正式紀錄。」

　　「那要很多人力耶。」阿傑說。

　　「所有人加班，明天起會有警備隊的弟兄支援。」

　　一個月後，吳宗志在台中市中山公園再度和布萊特碰面，他說：「總共有三家錢莊跟他們配合，資料全在這裡。」

　　「要剷除還是留活口？」布萊特問

　　「上面的意思是……」吳宗志比了一個割脖子的手勢。

　　「了解。」

　　「這是你的裝備。」吳宗志拿了一大包裝備給布萊特。

二十：斬草除根

漢口路上的某家檳榔攤，一個身穿白色薄紗的女孩在顧攤子，她的身上除了薄紗，就只有橘色比基尼泳裝和一雙高跟鞋。

這時十多人陸陸續續進到檳榔攤後的店面內，二樓的窗戶被一幅大招牌給封住了，五十公尺外的一間店面頂樓，布萊特架設好狙擊槍，朝檳榔攤的玻璃瞄準，將玻璃打穿了一個洞，檳榔西施嚇得花容失色，尖叫連連，店面內一個男人走出來關心。

「什麼事？」

「有人開槍！」她比著彈孔。

「快去叫樓上的人幫忙。」忽然間這名男子左大腿中彈，倒在地上哀號並說，檳榔西施連忙向店內跑。

一部沒有開警笛的救護車在此時悄悄載走了中彈的人，救護車才剛離開，一個年輕人衝出來，左顧右盼的時候也是左大腿中彈，還在屋內的人見狀便跑到廚房，打開放置廚具的門，從裡面拿出三把黑星手槍，自己拿一把，將另外兩把分別交給其他人，其中一人在店面門口探頭出來，右手掌中彈，子彈穿過他的手掌將槍擊破，握把的部份破掉，子彈掉了幾顆出來。

「怎麼辦？」他著急的問。

「開槍還擊啊！」說完兩人在屋內朝外面連開了十多槍，檳榔攤的正對面，一部廂型車，傑森將窗戶開了一個縫，滅音器露出車外，瞄準了一下之後，分別擊中他們的左大腿跟右小腿，地上滿是鮮血。

六個男人急忙打開檳榔攤的後門，賴良忠帶了二十多個員警等在門外，六人驚恐地被逮捕。

「還有一個。」吳宗志拿著無線電對講機說。

「我知道了！」賴良忠回答。

「阿傑，先把他們押上車，其他人跟我來。」賴良忠接著說。

十五個警察身穿防彈衣手拿盾牌攻上二樓，逮捕了主嫌陳政宏，搜出三百多張支票及一千多張本票還有一堆帳本。

一個小時之後，吳宗志帶了鎖匠，在一處空地連續開了三部車的門，傑森上了五層公寓的頂樓，布萊特在不遠處的另一棟公寓頂樓，朝著二樓其中一戶開了兩槍，客廳跟廚房的玻璃各破了一個洞，屋內五人急於逃命，布萊特打中一人的屁股，

腿骨立即斷裂並摔倒，另四人奪門而出，吳宗志用無線電呼叫：「四個下去了。」

「收到。」傑森回答。

一個人上了黑色速霸路硬皮鯊，傑森拿出搖控器，按下二號鈕，他跟紅龍一樣，背部燒焦死在駕駛座上，另三人嚇得低了頭之後隨即衝上車，傑森再按下一號跟三號鈕，兩部車瞬間陷入火海，四人全都當場斃命。

第二天中午，布萊特手裡拿著十一個便當，來到一處透天店面：「送便當！一共是七百八十元。」

「謝謝。」一個十八歲左右的年輕小伙子接過便當。

布萊特轉身離去之後，來到白色 BMW 車上，傑森問：

「你拿什麼給他們吃？」

「菜跟飲料裡各有三倍劑量的 FM2。」

「難怪你不帶槍。」

晚上十一點，大肚山的某處空地，迷昏的十一個錢莊人員被上了手銬，吳宗志在一旁的怪手上正在挖洞，洞深二公尺，

直徑五公尺，他挖完後走向這些人：「誰是老闆？」沒有人出聲。

「再問一次，誰是老闆？」依舊沒有人出聲。

賴良忠踢了一個人進洞裡，接著六個人被拉進洞裡，只剩三個人在地上，一個人一半在洞裡一半在地上，他的嘴巴跟臉上都是紅色的泥土，吳宗志大聲地說：「最後一次機會，不說的話全都埋掉。」

「成哥，你承認吧！別害死我們。」一個十幾歲的小孩說。

「哼！沒義氣。」他在洞裡面大聲罵道。

「成哥是吧！給你一個機會，CALL 你的飆車族朋友來這裡，說你遇上麻煩了。」吳宗志說。

「幹 X 娘啦。」傑森舉起裝了滅音器的手槍，朝他的右腳掌開了一槍。

「打死我也沒用啦，我不可能照做的。」他咬牙說，傑森再朝他的左腳掌開了一槍。

「幹 X 娘。」他大聲唉號著，傑森再朝他的右肩開槍。

「你去死。」傑森舉起槍，瞄準他的胸部連開了三槍，當場斃命，其他人見狀都非常害怕，其中一人還不停發抖。

「誰是二當家？」吳宗志問：

「是我。」一名四十歲左右的男人回答。

「貴姓大名？」

「阿民！」

「很好，請問你想跟成哥一樣呢？還是要打電話？」

「電話給我。」

「很好！麻煩你了，叫他們多帶些傢伙過來。」

於是警方在那裡順利逮捕那些飆車族，地下錢莊與討債集團的風波暫時落幕。

二十一：黑吃黑

雖然阿吉被別的賭盤挖角，不過卻因為各家賭盤錯綜複雜的合併，最後又回到文哥身邊做事。

　　「幹！這傢伙昨天又贏了兩百萬人民幣。」文哥對著球賽分析人員發飆。

　　「文哥，我阿吉用性命跟你保證，他一定是開後門改資料庫，不是真的有實力。」

　　「你別小看人家，上星期天他也贏了一百萬人民幣。」

　　「文哥，你知道過關十三場有多難嗎？」

　　「我只知道他有本事贏錢。」

　　「好吧！不然這樣好了，你在他下注之後立即將注單列印下來，資料用另一台伺服器儲存起來，可以嗎？」

　　「幹嘛這麼麻煩？」

　　「我說了，我用性命跟你保證，他一定是開後門改資料庫，不是真的有實力。」

　　「你嫉妒人家啦！」

　　「好，你不相信我就對了，我現在算給你看。」阿吉用電腦叫出 EXCEL，隨便一打　，然後說：「八千一百九十二分之

一的機率，連他上星期天的八場是二百零九萬柒千一百五十二分之一。」

「那是多少？」

「跟中樂透頭彩差不多難。」

「還是有可能啊！」

「說來說去你就是不相信我的論點。」

「阿吉！你功夫差就功夫差，牽拖那麼多。」

「好！我會證明給你看的。」

阿吉是分析球賽的高手，他知道要贏錢的困難性，因為每一場比賽經過讓分之後，不論你下注強隊或是弱隊，贏錢的機率都在百分之四十到六十，所以連續贏二十一場根本是不可能的，他拿了照相機將那個贏錢的帳戶照相，每一筆注單都照，第二天派彩的時候，那人依舊贏走了兩百萬人民幣，不過阿吉照的相可不是這麼回事。

「文哥你看，今天的十三場只過了五場，另外八場沒過，是改資料庫沒錯啦。」阿吉拿出照片說。

「幹！我還以為他多強，雲哥，這件事怎麼處理？」

「把人抓起來，問誰教他的。」

「說不說，再不說就打斷你的狗腿。」文哥正質詢著贏大錢的人。

「是你們的工程師開一個後門，我在比賽結束後可以改注單啦。」

「是誰！你不說就別想活著離開。」

「我說了你肯放我一馬嗎？」

「沒問題！我說到做到。」

「是麥可！頭髮長長那一個。」

「幹！這個吃裡扒外的賤貨。」

這時一名槍手走過來，正準備開槍殺了這人。

「文哥，你不是說要放我一馬？」

「沒錯啊！我是答應你了，他可沒有。」

「求…」話沒說完，碰！碰！兩槍，這人死了！

「把麥可帶過來，一起埋了，幹！」

「文哥，現在你相信我了吧！」

「相信，你阿吉是球神。」

「不敢當，想當初剛入行，我的命中率平均只有百分之五十八，還被糗了好多次，後來漸漸進步到百分之六十二才被肯定，現在也只不過百分之六十七左右。」

「三場過兩場，嚇死人了，還好你不是客人，要不然公司可就虧大了。」

「這都是靠文哥的栽培，如果公司沒有全力支持我，也不會有現在的成績。」

「這幾年你也幫我賺了不少錢，我不會虧待你的。」

「多謝文哥。」

「今晚的曼聯對上樸茨茅斯你怎麼開讓兩球？別家都一球半而已！」

「曼聯現在要拼冠軍，加上樸茨茅斯主力後衛受傷三人，估計會輸四分。」

「別讓我失望。」

六個小時又三十四分鐘後，也就是晚上十一點五十分：

「阿吉，真有你的，想不到居然被你說中，五比一呢！」

「巧合而已。」

127

「那麼謙虛幹嘛？」

「真的是巧合。」

「來！等等下班我請你喝酒，你今天幫公司多贏了三千四百萬人民幣呢！」

「多謝文哥。」

「師父，你那麼厲害，為什麼不自己下去賭？」阿吉的徒弟小偉問道。

「你想活著領薪水還是贏大錢卻沒命花？」

「當然是活著領薪水！可是文哥會那麼狠毒嗎？」

「人心隔肚皮，世事難料。」

「可是你不覺得很可惜嗎？今年的比賽已經分析了五千四百多場，我們對了三千七百多場耶。」

「小偉，對不一定有用，有些場次分析是平手，盤也是平手，我們如果真的去下注，不見得一定會贏的，根據我的分析資料，在過去三萬四千場比賽裡，平手的比賽又開平手盤的佔百分之十一，所以扣除這個部分，加上剛好讓一球贏一球跟讓二球贏二球的比賽，又佔了百分之十五，等於扣掉四分之一

了，加上莊家所抽頭的部份又扣了百分之四，我每下一百萬大約只能贏三至六萬，這樣你了解了嗎？」

「原來如此，難怪你不玩了。」

「說說看你學到那裡了？」

「目前讓分盤跟標準盤的換算我已經會了，不過大小還不太熟。」

「久了就會了，想當初我們都只會跟澳門彩票的盤，公司就已經賺了不少，現在用我寫的分析軟體，每個月可以增加約十五億人民幣的利潤，你想他們會放我走嗎？」

「那怎麼辦？」

「走一步算一步嘍！」阿吉感嘆地說。

二十二：假球風暴

「中華職棒果然出事了，你們看，這幾場太離譜了，連外行人都看得出來是放水，真的是很扯。」三個月很快的就過去了，雲哥拿出一份報紙說。

「幹！我早就知道了，所以我才不做中華職棒，我看助哥一定賺翻了。」文哥說。

「這次少了兩隻球隊，明年要怎麼打！？」雲哥說。

「我看他們還是照打照演戲，反正笨蛋很多。」文哥說。

「算一算他們大概已經撈了一百五十億，剛好夠選舉。」益哥說。

「你不說我差點忘了，助哥那邊已經準備把我們一腳踢開，大家小心一點，據說已經在調動人員，我看我們再休息幾天吧！」雲哥說。

「算了！乾脆封鎖台灣的 IP，這樣他們就抓不到了，反正台灣的注單只有一成，你們兩個覺得如何？」文哥說。

「我贊成！」雲哥說。

「我也贊成。」益哥說。

「雲哥，你看迅猛龍隊會死幾個人？」文哥說。

　　「這支球隊在新東家入主時就倍受爭議，我認為老闆是主謀，至少要關二十個人，也許會有四十幾個人有事。」雲哥說。

　　「那跟總統很好那一隊呢？」文哥說。

　　「他們早就在幫總統湊錢了，現在是總統過河拆橋而已。」雲哥說。

　　台中市警察局裡，布萊特說：「現在台灣共有七十八個地下簽賭網站，四大勢力共有十六個站，佔整體營業額百分之七十。」

　　「這麼說，我們之前的掃蕩都白費嘍！」局長說。

　　「沒錯。」

　　「有沒有好一點的辦法？」

　　「有，不過政府不會答應的。」

　　「為什麼？」局長皺著眉頭看著布萊特問。

　　「台灣說要開放賭博多久了？」

　　「十八年了。」

　　「立法院吵過幾次了？」

　　「幾乎年年吵。」

「為什麼無法通過審查？」

「怕民眾沈迷賭博。」

「這個理由太牽強了，政府不賺，放任黑社會去賺，那些反對開放的立委簡直是黑道坐大的幫凶。」

「聽說今年要開放了。」

「那只是騙騙外行人的手法，立了一堆法，限制了最高賠率，一點吸引力都沒有，所以運動彩券不可能取代地下賭盤，反而可能會虧損累累。」

「那要怎麼做？」

「合法取代非法。」

「我不懂？」

「將運動彩券的賠率調整得跟地下賭盤一樣，成為直接競爭者，而多了政府的保障，民眾自然會將注單轉向合法的賭盤。」

「為什麼政府不會答應？」

「我說了之後，你們幾位高階警官願意保密嗎？」

「我用性命擔保，你們呢？」

「沒問題！」督察說。

「我也不會說。」新的副局長說。

「三位隊長？」局長說。

「當然沒問題。」

「總統幾個月前親自到南部大組頭助哥的家，還支開了所有隨扈，並拒絕記者採訪，那個人是地下賭盤四大勢力之一，而且是台灣職棒最大莊家。」布萊特說。

「就算是這樣也不能證明什麼？」局長說。

「我知道！不過從那天開始，中華職棒有兩隻球隊就像中邪一樣，該贏的比賽不贏，該輸球的居然都贏了。」

「你想暗示什麼？」局長說。

「總統利用此人控制賭盤跟球員，藉此獲取暴利，每場球五千萬至三億多元，為總統連任籌錢，根據我們的消息，他們這幾個月來已經獲利超過一百五十億，換句話說，他已經籌足了連任所需要的錢。」

「你這麼指控他，有什麼證據？」

「海外帳戶。」

135

「什麼意思？」

「他的家人跟親信，在海外的存款已經超過五億美元，並且經常性流動著，為的就是逃避追查，而且他還買了一家小銀行，錢進了這裡就再也無法追查了，因為銀行不願意配合，我相信這是他指使的。」

「這麼嚴重？！」局長面色凝重地說。

「我們透過管道施壓，要求那家銀行拿出帳目明細，但拿到的都是假資料，資金完全消失了，於是我們透過頂尖的駭客入侵該銀行的伺服器，才知道他的錢全變成了銀行的股份，高達百分之二十七，是該銀行最大單一股東，我甚至懷疑，他想掏空這家銀行，自從那些股權轉手之後，該銀行放款暴增三十億美元，全都是以最速件通過，而且放款對象全是紙上公司，最終的受益人，全都是他的兒子可以控制的。」

「真是驚人！我該怎麼辦？」

「什麼也別做，等他下台再辦他，我們會提供完整的證據的。」

「我懂了。」

「現在辦他只會遇上重重阻力，甚至殺身之禍，等他的勢力瓦解之後，把他關入大牢並不困難。」

二十三：金蟬脫殼

「阿吉，你這個星期在幹什麼？命中率只有百分之四十八，害我們輸了兩億。」文哥怒氣沖沖的質問。

　　「文哥，分析只能當參考，如果你認為我不準了，那我辭職好了。」

　　「他媽的！唸你兩句就頂嘴。」

　　「文哥，我也幫你賺了幾十億人民幣了，現在只不過虧了兩億你就怪我，我實在是不能接受。」

　　「好啊！要走就走，你以為你真的是球神嗎？」

　　於是阿吉趁著這次的口角離開了文哥的控制。

　　「阿偉！你們在幹什麼？這個星期的準確率又不到五成，乾脆用猜的算了。」文哥在辦公室裡大罵著阿吉的徒弟跟團隊們。

　　「文哥，要不要把阿吉哥找回來？」阿偉問。

　　「哼！你不是已經跟著他學了一年，難道還有什麼是你不會的？」

　　「應該沒有。」

　　「那你就應該要檢討了。」

「是！文哥。」

「吉哥啊！我是阿偉，我想請你幫忙。」阿偉拿著手機說。

「你不是想要我幫你分析吧？」

「你怎麼知道？」

「你們這個星期的比賽，有百分之四十五開錯盤，誤差都超過百分之十。」

「那我應該怎麼辦？」

「我幫不了你，我只有一個人，沒辦法分析那麼多資訊。」

「拜託你啦，吉哥。」

「這樣吧！你每天來我這裡把資料輸入，由我來判斷。」

「真是太感謝你了。」

阿吉的家裡，八個螢幕依舊是那些畫面，除了 A 片之外。

「你看，我的程式明明就算出要贏三分，只讓一球半根本是送死。」

「那我該怎麼辦？」

「大膽一點，開讓兩球嘍，這樣一定會有很多投機分子押弱隊，輸死他們。」

「可是……」

「怕什麼？就算是只贏兩分，公司也不會輸啊！」

「有道理。」

六個半鐘頭後，ESPN 正轉播一場比賽，阿吉教阿偉那場，英超阿森納對上狼隊的比賽，開賽七十五秒，阿森納的主力前鋒亨利趁著越位陷阱騙到了狼隊的後衛，直攻球門，無人防守之下，守門員只能任亨利宰割，不到五分鐘後，亨利再度抓到機會，四名後衛包圍他，結果一計妙傳，瑞典籍的永貝里將球射入球門，終場阿森納以七比一大勝狼隊，並以進球數較多而登上了英超的第一名。

「吉哥，真是謝謝你了，今天靠你說的那場球就贏了五億。」阿偉拿著手機說。

「別客氣。」

阿吉的家中，阿偉說：

「吉哥，為什麼義大利的球賽那麼難預測啊！」

「你應該聽過黑手黨吧！」

「可是，那應該只是傳說而已吧！」

「阿偉，你知道嗎？義大利的西西里島有兩個球隊是黑手黨的。」

「是那兩個？」

「巴勒莫跟卡坦尼亞。」

「難怪這兩支球隊暴起暴落的。」

「不只這樣，連冠軍常客尤文圖斯都淪陷了。」

「我知道了，上上星期他們跟最後一名的熱拿亞踢成平手。」

「其實 AC 米蘭跟國際米蘭部份的場次也有這樣的現象。」

「那不就很難分析。」

「你知道嗎？所有的聯盟裡，我只有義大利甲組的準確率低於百分之五十八，這代表著這個聯盟的不確定因素太多了。」

「那怎麼辦？文哥要我用功一點。」

「阿偉！你有沒有統計過注單？」

「沒有。」

「所有的比賽中，只有義大利甲組的注單經常有一筆就五百萬人民幣的，也就是說這些比賽都受到了操縱，就算不是每一次他們都會成功，但至少十次贏七次。」

　　「那我要怎麼跟文哥說？」

　　「不必交代，別理他，像他那麼貪心的人早就應該去死了。」

　　「可是昨晚 AC 米蘭跟拿坡里的比賽被贏了五千萬人民幣。」

　　「活該。」

　　「吉哥，請你幫幫我。」

　　「不是我不幫你，是幫不了你，我以前就不喜歡義大利甲組的比賽。」

　　「好吧！我看我準備挨罵了。」

　　「你為什麼要騙阿偉？」阿吉的家中，阿偉剛離開，吳憶喬質疑的問阿吉。

　　「報仇。」

　　「什麼意思？」

「我幫文哥賺了將近兩百億，就算他只佔三成的股份，也有六十億，現在他為了幾億就跟我翻臉，你說這口氣我怎麼吞下去，更何況他一個月只付我五萬。」

「對吼！一個月五萬，你一天就曾經幫他贏五億。」

「讓他們多輸一點，這樣以後阿偉就不會再來了。」

「可是……」

「別可是了，阿偉為了幹掉我，曾經在我背後跟文哥說壞話。」

「這麼說你是故意的嘍！」

「不能怪我，是他自己太離譜，還沒學成全部的功夫就想當老大。」

「所以今晚他會死得很難看？」

「嗯！至少錯百分之三十，估計損失七億人民幣。」

「你不怕文哥？」

「有什麼好怕的，我現在又沒領他的薪水。」

「小心一點總是比較好的。」

「我打算趁今晚他們開錯盤多押三倍的注單，一次就賺五十萬。」

　　「你真貪心。」

　　「這是我應得的，誰叫他要虧待我。」

二十四：借刀殺人

「吉哥，怎麼辦？昨晚公司輸了六億八千萬人民幣。」

「阿偉，我幫不了你。文哥是不是要你滾蛋？」

「你怎麼知道？」

「這是遲早的，他的個性我太了解了。早點離開那裡吧！警方已經盯上公司了，文哥很快就會被抓去關了。」

「你怎麼知道？」

「上次有人開後門改資料庫，文哥殺了兩個人，現在對方要報仇。」

「此話怎講？」

「這件事你不知道嗎？」

「知道。」

「他們是一個集團，你以為他們只有兩個人嗎！至少要七個人，除了下注的人，還要有組頭配合，至少要代理商或總代理層級的人，表面上輸給客人，事實上他們佔五成輸贏，所以客人贏了兩百萬等於文哥要輸一百萬，那些總代理商也是共犯，否則怎麼可能容忍一個客人連續贏了幾千萬！」

「你怎麼會知道的那麼清楚！」

「因為他們曾經找我合作，我沒答應。」

「對了，文哥要我找你回公司上班。」

「幫我告訴他，我退休了，我不會回去的。」

「可是……」

「行了，我會自己跟他解釋的，你不要擔心，這兩天記得要請假，別進公司。」

「為什麼？」

「阿偉！過來我家再說吧！」

「坐！」阿吉家中，阿吉對阿偉說。

「什麼事一定要到這裡說？」

「我們的電話都被監聽了，沒意外的話，明天公司就會被搜索。」

「你怎麼知道？」

「有些事你不必了解那麼多，你只要照做就好。」

「喔！」

「如果不是明天就是後天，記得請假，一定不能去公司。」

「我知道了。」

「還有，叫雅芳也請假吧！雖然我跟她不熟，不過我很喜歡她，我不希望她出事，這件事一定要保密，否則你我性命難保。」

「老公，什麼事那麼嚴重？」

「小喬，文哥殺了麥可跟小吳，現在賴董已經找了刑警要鏟除文哥的勢力。」

「有這種事？」阿偉說。

「賴董這種人唯利是圖，文哥斷了他的財路，又殺了他的表弟，這口氣他怎麼嚥得下去，何況那個警察是他堂弟。」

「老公，你別嚇我，你怎麼會知道那麼多？」

「賴董怕我還在公司上班，因為他要找我幫他設立一個新站，所以全告訴我了。」

「老公！你為什麼要答應他？」

「為什麼？錢啊！我跟了文哥三年，領不到一百八十萬，賴董昨天拿了三百萬給我，這樣你了解了嗎？」

「我還是不懂？」阿偉說。

「小喬、阿偉，我希望你們兩個跟我，還有雅芳四個人幫賴董成立新網站。」

「你不是說他唯利是圖？」阿偉說。

「可是他願意把利潤分出來，他給我們四個人總共百分之八的股份。」

「這麼少！」小喬不太高興地說。

「不少了，沒意外的話，公司一年可以賺八十億人民幣，我們一個人就可以分到將近八億台幣。」

「他會不會反悔？」阿偉說。

「放心，每個星期一中午拆帳一次，他沒有機會賴帳的。」

台中市警察局刑警隊裡，賴良忠說：「宗志，文哥又殺了兩個人，我想明天就去掀掉他的站。」

「有什麼計劃？」

「這裡是他們公司內部所有資料，包括老闆、員工的照片，上班時間，客戶資料等等，還有最重要的轉帳紀錄。」

「你想怎麼做？」

「我知道文哥的槍放在那裡，這一條持有制式手槍就夠他嗆了，何況我已經找到了子彈跟屍體，只要彈道比對完成，他就會被判殺人罪。」

「好，我全力配合你。」

文哥的新公司，在向上路某間華廈裡，他打開門，客廳裡六台四十二吋的液晶電視，是用來控制走地盤用的。

走地：就是比賽進行中仍然可以投注，因為莊家的抽頭較多，可以賺更多，所以現在連許多合法賭盤都提供走地盤，通常是標準盤，讓球盤跟大小盤三種，由於客戶沒有太多思考的時間，通常會倉促下注，故賭盤可以從中獲取暴利，若加上踢假球，每場球的獲利可以達到五千萬人民幣以上，所以走地盤通常由賭盤公司中最具經驗的操盤手決定賠率。

「奇怪！阿偉跟雅芳怎麼兩個人都感冒了。」文哥問。

「大概是昨晚淋雨吧！。」奇宏回答。

「那今天的盤怎麼辦？」

「阿偉叫我盯著大西洋的盤，跟著跳就行了。」

「也好，試試老方法，看獲利差多少。」

　　賴良忠拿著賴董提供的鑰匙，帶著二十個警察直接開門進到了文哥的公司裡，眾人錯愕不已，文哥正坐在一排電腦的正中間，每台電腦控制八個螢幕，共八部電腦，六十四個螢幕，這是阿吉精心設計的控盤中心，負責控制賭盤。

　　「全都趴下。」賴良忠說。

　　「你有搜索票嗎？」文哥問道。

　　「在這裡，我想你就是文哥對吧！請你帶我到你的辦公室，別逼我們燒開保險櫃，那樣大家都會很不爽。」

　　「什麼保險櫃？我不知道！」

　　「你想要裝蒜，沒問題，阿傑，帶鎖匠師父進他房間。」

　　「隊長，兩把貝瑞塔 M92 ，子彈一百四十發，現金一千三百萬。」

　　「文哥，你還有什麼話說？」

　　「哼！槍不是我的。」

　　「哦！那是誰的，保險櫃上面應該只有你的指紋吧！」

　　「……」文哥沈默不語。

「不說話就是默認嘍！」

「你們這四個員工聽著，只要你們指認文哥殺了麥可，我就向法官求情，只判你們賭博罪，還可以獲得緩刑，要不然就把各位也列為殺人的共犯。」

「文哥，你聽到了，你說我們該怎麼辦？」奇宏說。

「幹你娘啦！」文哥看著賴良忠罵道！

「好！不肯配合是不是？阿傑，把他交給布萊特，看他嘴多硬？」

「是！」

「收隊。」

二十五：程式交易

阿吉拿著報紙看著社會版，警方破獲地下簽賭站。

　　「小喬，妳看。」

　　「你現在有什麼打算？」

　　「幫賴董弄一個無人操盤系統，由程式控制賠率，這樣就不必操盤室，減少被抓的風險。」

　　「怎麼弄？」

　　「我已經設計好了，明天就會開始動工寫程式，三個月完成。」

　　「那這幾個月怎麼辦？」

　　「繼續玩。」

　　「可是文哥的站已經沒有了。」

　　「還有大西洋啊。」阿吉的手機響了。

　　「吉哥，文哥被抓了。」阿偉的電話打斷了談話。

　　「我知道，過來吧，我有事找你，順便把雅芳找來。」

　　「好。」

　　「兩位請坐。」小喬說。

阿吉正盯著他的分析程式，沒注意到阿偉跟雅芳。

「吉哥，謝謝你，不然我就要去坐牢了。」雅芳說。

「那你要怎麼報答我？」阿吉盯著雅芳的眼睛說。

「做得到的我一定幫你。」

「嗯！那你就以身相許好了。」阿吉開玩笑地說。

「我怕你吃不消。」小喬說。

「這麼說妳不反對嘍？」阿吉又開玩笑地對小喬說。

「唉呀！吉哥，你有大嫂了，還想怎樣？」

「我的確是要妳以身相許，不過不是跟我上床！是幫我做事。」

「原來是這樣啊！嚇我一跳，我還以為你想……」

「妳以為我真的想要齊人之福嗎？」

「嗯。」雅芳不好意思地紅了臉。

「老公，你確定要跟賴董合作？」吳億喬問。

「錢已經收了，妳要我反悔嗎？」

「說到錢！拿來。」

「什麼錢？」

「三百萬啊。」

「我已經拿去買股票了，只留了五十萬。」

「五十萬也好。」

「想得美，阿偉跟雅芳必然會三個月沒工作，等程式寫好才有收入，我必須各給他們十五萬。」

「那我們不就只剩下二十萬可以花了?」

「緊張什麼，大西洋那邊還有上星期贏的七十萬沒結帳。」

「對吼。」

「我現在就打電話叫他們匯錢。」

「阿吉，你這麼會贏，我們還是當朋友就好了。」電話那頭。

「也好，我想休息一陣子。」

「等一下我拿現金過去，最近抓得太緊了。」

「坐啊！施董。」球神家中，阿吉說。

「這麼專業，八個螢幕，難怪你沒輸過。」

「你只看到好的一面。」

「怎麼說？」

「想當初我很慘的。」阿吉說著住在禮儀社那段日子。

「我跟小喬就是在那時候認識的。」

「原來你以前那麼坎坷。」施董說。

「是啊。」

「我有一個想法，不知道你意下如何？」

「請說。」

「我想找你幫我弄一個站，我想自己出來做。」

「可是我已經答應賴董了。」

「好吧！不勉強，有緣的話我們再合作。」

「一定。」

「老公，他是誰啊？」

「我的小學同學，大西洋的總代理，來送錢的。」

「喔！錢拿來。」

「在桌上，七十萬。」

「老公！我好愛你喔。」

「妳是愛錢吧！一聽到錢眼睛就發亮。」

「耶！我們跟著文哥，他買了十部保時捷放在家裡，養了五個女人，結果我們兩個呢？」

「好，妳說的有理，去買便當吧！我好餓了。」

「吼！有七十萬吃還吃便當，人家要吃牛排啦。」

「那走吧。」

二十六：跨海犯罪

賴良忠拿給布萊特一份報紙，主要內容是：東海大學退休的張教授接到了一通電話之後，他急忙跑到提款機前匯款，一而再，再而三，總共匯了七十三次，三千兩百萬的積蓄全都變成詐騙集團口袋中的戰利品。

「你有什麼方法？」賴良忠問。

「方法是有，只可惜電信公司腦袋裡只有錢，不願交出犯罪者資料，又不願配合停話跟監聽，簡直是詐騙集團的共同正犯。」布萊特回答。

「你說的對！他們唯利是圖，壞透了。」

「其實大部份的詐騙電話，發話地點都在福建省廈門，你們只要鎖定從金門基地台發話的對象，並將範圍縮小到單一門號發話對象多而不固定，馬上可以過濾出所有的詐騙集團門號，如果中國政府願意配合，掃蕩廈門，他們便無處躲藏。」

「看來兩岸合作，打擊犯罪的模式將會開啟。」

台中市警察局裡，吳宗志跟賴良忠以及布萊特繼續商議著，吳宗志說：「這些人很狡猾，還會將發話號碼顯示為執法單位。」

「所以還是要將單一門號發話對象多而不固定的部份加以鎖定監聽錄音。」布萊特說。

「那金融卡跟存款簿呢？」

「將報紙上那些刊登的號碼鎖定，還怕抓不到嗎？抓久了之後詐騙集團就會自然減少，因為收購簿子的常為集團核心人物。」布萊特說。

「但是因為罪不重，很多人冒險。」賴良忠說。

「我們考慮建議修法，叫組織詐欺法，凡使用這類分工合作的詐欺方式，都屬於組織詐欺，刑期加重一倍。」布萊特說。

「好方法，就像販賣毒品一樣，販賣一級毒品的罪比較重。」吳宗志說。

「我明天要去廈門，研究要如何對付這些人。」布萊特說。

「祝你順利。」賴良忠說。

「今晚我請客，我們去醉鴛鴦喝個痛快。」

醉鴛鴦門口，布萊特、傑森、吳宗志、賴良忠四人正要進去，一位喝得醉醺醺的駕駛闖紅燈，被迎面而來的大貨車撞得稀爛，車子翻滾了三圈，散落一地的藥丸，駕駛當場氣絕。

「交通隊嗎？我是刑警隊賴良忠，惠中路公益路口發生重大車禍，請速派員處理，駕駛者已經當場死亡，現場有大量藥丸，可能是搖頭丸，請於處理時會同刑警，我會請張偉隆隊長過去的。」

　　「台灣的搖頭丸跟 K 他命近年來很猖狂，政府考慮對施用者也處以徒刑。」布萊特在醉鴛鴦裡的其中一桌說。

　　「沒用的，罪不重，抓了又抓，像宗志，抓了一個海洛因吸食者已經三次，上個月才出來，不到十天又被他抓到，問題很嚴重啦。」賴良忠感嘆地說。

　　「反正這些人關不怕啦！」吳宗志說。

　　「看來，只好想辦法消滅源頭了。」布萊特說。

　　「這得靠你們兩個人了。」賴良忠說。

　　「難度很高，我們兩人鏟除了紐約兩大販賣勢力，第三勢力趁勢而起，政府禁止我們再用武力對付他們，連高官都淪陷了，我猜，禁止我們的那些官員都跟販毒集團勾結。」傑森說。

　　「現在有十幾個國家都是政府在操作販毒，像古巴，根本進不去，那有辦法抓，中南半島，哥倫比亞，墨西哥等，遍及全世界，想要從產地斷絕貨源幾乎不可能，墨西哥的毒販猖狂

到殺死警察局長，還有數千名警察，在哥倫比亞，法官被毒販殺死早就已經不算是新聞了，已經超過百名法官被殺。」布萊特說。

「這在台灣，早就破案了，哪有可能死幾千人。」賴良忠說。

「所以傑森才會說連高官都淪陷了，墨西哥的官員不是怕死就是共犯，嚴重威脅到美國，去年從墨西哥運到美國的毒品，足以供給五百萬人吸食一年，這還不包括沒有被查獲的，問題已經嚴重到失控。」布萊特說。

「看來台灣的治安已經算不差了。」賴良忠說。

「美國一天的竊案數字就是台灣三年的總和，殺人及強姦也都是台灣的幾千倍之多，若用人口比例去算，至少是三百倍。」傑森感嘆地說。

「比起美國，台灣人真善良。」賴良忠說。

「其實許多國家都開始沈淪，例如日本，黑道人數超過五百萬，約為人口的百分之二，義大利的部份城市，更高達百分之七十，除了兒童之外，幾乎全數淪陷，這是一個非常嚴重的問題，但這兩國都漠視這件事，簡直像是把頭埋進沙中的駝鳥。」布萊特說。

「賴比瑞亞的海盜也是政府縱容才會那麼囂張，已經引起世界公憤了，依舊不採取行動，他們可能會成為第一個因為海盜而被聯合國接管的國家。」傑森說。

「沒想到世界這麼亂。」吳宗志說。

「其實這就是人，有人在的地方就會有犯罪。」布萊特說。

－ 全文完 －

後　記

這個故事就這樣暫時告一段落了，球神阿吉的角色是後來才想到的，而不是原本草稿中所寫，但因為每個大型地下簽賭站都有類似球神這類人物，所以我加了進來，因此花了不少時間重新整理內容。

　　辛辣的內容的確是我們台灣地下賭盤的縮影，台灣有許多反對賭博開放的勢力，但他們不知道反對開放賭博卻間接造成許多社會問題，這就是寫這本小說的本意，希望他們看了有所反思，因為不開放賠率跟地下賭盤一樣，我們就必須永遠面對地下賭盤的存在，而且所有的抽頭都被黑道所吞噬，政府和民眾永遠拿不到任何一分錢，所以我們必須考慮以合法取代非法，而不是繼續當駝鳥，眼不見為淨。

　　或許，現實中，我們無法用布萊特跟傑森的方式對待這些黑幫，所以，才會有抓了卻無法定罪的事實。或許，現實中，我們很少看到、聽到這些黑幫所做的事，但其實是因為這些人很神秘，加上他們的做息時間與正常人不同，工作場所也不公開，所以無法想像地下賭盤真正的規模有多大。想像一下，如果是世界盃足球賽，每個人只要投注一百元，十億人投注的話，一場球的總投注金額就有一百億元，然而，實際的狀況應

該是五百億到五千億之間，這麼龐大的資金，不難想像為什麼有些所謂的強隊為什麼會失常而輸球了，不是嗎！？

國家圖書館出版品預行編目資料

數字遊戲／藍色水銀　著.—初版.—
　臺中市：天空數位圖書 2019.11
　面：公分
　ISBN：978-957-9119-61-0（平裝）

863.57　　　　　　　　108020636

發　行　人：許清龍
出　版　者：天空數位圖書有限公司
作　　　者：藍色水銀
編　　　審：白雪
製 作 公 司：傑拉德有限公司
　　　　　　進業易有限公司
版 面 編 輯：採編組
美 工 設 計：設計組
出 版 日 期：2019 年 11 月（初版）
銀 行 名 稱：合作金庫銀行南台中分行
銀 行 帳 戶：天空數位圖書有限公司
銀 行 帳 號：006-1070717811498
郵 政 帳 戶：天空數位圖書有限公司
劃 撥 帳 號：22670142
定　　　價：新台幣 300 元整
電子書發明專利第 Ｉ 306564 號

紙本書編輯印刷：
電子書編輯製作：
天空數位圖書公司 E-mail：familysky@familysky.com.tw　http://www.familysky.com.tw/
地址：40255台中市南區忠明南路787號30F國王大樓　Tel：04-22623893　Fax：04-22623863